小译林中小学阅读丛书

艾青诗集

艾青 著 傅元峰 选编

译林出版社

图书在版编目（CIP）数据
艾青诗集/艾青著；傅元峰选编．—南京：译林出版社，2020.9（2021.5重印）
（小译林中小学阅读丛书）
ISBN 978-7-5447-8092-6

Ⅰ.①艾… Ⅱ.①艾… ②傅… Ⅲ.①诗集－中国－当代 Ⅳ.①I227

中国版本图书馆CIP数据核字（2019）第290738号

艾青诗集　艾　青／著　傅元峰／选编

责任编辑　彭　波
装帧设计　胡　苨
校　　对　王　敏
责任印制　颜　亮

出版发行　译林出版社
地　　址　南京市湖南路1号A楼
邮　　箱　yilin@yilin.com
网　　址　www.yilin.com
市场热线　025-86633278
排　　版　南京展望文化发展有限公司
印　　刷　江苏苏中印刷有限公司
开　　本　718毫米×1000毫米　1/16
印　　张　17.5
版　　次　2020年9月第1版
印　　次　2021年5月第2次印刷
书　　号　ISBN 978-7-5447-8092-6
定　　价　32.00元

名家 名作 名译

小译林

中小学阅读丛书

目　录

做一个读过艾青的人

——选编者的话

有一次，读初中的孩子和我聊他在读的课外必读书，他向我抱怨，艾青的诗不好，读不下去。

儿子所在的中学十分重视诗歌教育，教语文的李老师让他们每周自选一首诗，朗读录音并上传分享。这个活动整整坚持了三年，孩子们从中受益良多。初中毕业时，我回顾儿子的朗读诗单，发现初中三年他虽读好诗很多，竟没有选读一首艾青的诗。

艾青的诗，在很多孩子那里，已经变成了不得不做的“作业”。他们喜欢很多别的诗人，比如弗罗斯特、里尔克、北岛、顾城、海子等等，相较这些诗人的作品，艾青的诗作并不晦涩难懂，但他们不是很喜欢。这使我感到担忧并反思：选家代为调配的名为“艾青”的精神食谱，是恰当的吗？当下，年轻人与艾青的诗美有没有趣味的隔膜？

我不想指责孩子们的阅读。因为，文学阅读，哪怕是最日常、最随意的阅读，也有其作为文明仪式的神圣感。因为，每一次阅读，都是作家作品的一次再生，是一次跨时空的神奇心灵感应。

一位离世作家，既完成了作品，也完成了人生；但文学的魅力在于，正是阅读（而非写作），使这些暂时"完结"的作品与人生带有永恒的悬念和生命力。当你读艾青的时候，艾青和他的诗，重新在你的阅读时间里活着；如果你真诚而投入地读，艾青诗开放的诗美，将在那一刻附身于你的生命。

那么，在悠久而广大的汉诗王国，一位带着饱满的赤子情怀，真正开始专注歌唱"北方""土地"和"光明"的诗人，他是怎样活在当代阅读中的，特别是那些已经渐次疏远了泥土芬芳的青少年的阅读？如果我们读新诗时，忽略或遗漏了艾青为母语和国族贡献的"唯一特质"，我们将错失什么？

比如"北方"。在中国文学史上，这位生于南方的诗人，首次满蘸现代意识，发现了"北方"。艾青的诗与萧红的小说，冷峻悲凉的苦难感怀与热血柔肠的爱并行不悖，地之子的赤城和"生"与"在"的冷峻相融合，生成一种珍贵的北方诗学。缺骨少血的江南才子气所形成的"风花雪月"的吟诵，在"新文学"诞生期就已经被新诗尝试的先驱者们质疑，但直到冯至告别了20年代的《蛇》、戴望舒离开了孱弱的悲愁文士所盘桓的《雨巷》，直到艾青留法归来，不断将诗心匍匐在风陵渡和黄土坡，凝视北方旷野上连绵不绝的抗争与生存，新诗这一文体才表述出丰满的北方经验。

另如"土地"。今天，很多人更倾向于对大地采取草率的感受格式，或深陷"农业"或"商业"模式的土地拜物教中不可自拔。他们可能很难领会，1938年，二十八岁的艾青写下《我爱这土地》时的情怀："为什么我的眼里常含泪水？/因为我对这土地爱得深沉……"1998年，以反讽手法在小说中书写故乡的作家刘震云，戏仿了这一诗句:“为什么我的眼里常含着泪水? /是因为这玩笑开得过分。”从1938年的庄重写作到1998年的反讽笔调,六十年之间抒情的姿态和腔调变了,审美的习惯和读者的精神世界也在发生变化。重新培育当代人失落已久的朝向土地的虔敬之心,已经刻不容缓。这不单是乡村、城镇和都会的社会变迁的投影,更是对原乡和自我的深切询问,是实现“留住乡愁”这一文化诉求的当务之急。

再如“时间”。艾青亲历了抗日战争。在卫国战争这一宏大历史境遇中,艾青作为诗人,把一切感知为更加具体的时间。伴随着每天的晨曦与落日,在物候和月令中,诗人抠取了时代和人民的具象,留下了那个年代富有象征意味的特写。诗人坚信并讴歌光明,写下了无数的光明颂。他在深黑的历史阴影中追寻光亮,不惜被太阳灼伤,也不畏惧“时代”中所包含的裹挟独立诗思的力量。艾青终生保持了一双感受光影的画家之眼,尤其是诗人创作的中后期,高光镀亮的社会图景充盈于诗句,形成了诗人创作质感的显著变化,在20世纪30年代简朴而富有光影层次的美学风格,只在他的个别作品中偶有显现。因此,诗人诗作单质化以后,“吹芦笛”的诗人变成了“吹号者”和时代合唱团的一员,但这并不影响诗人的生命时间也构成了文化意义上颇为耐读的诗。艾青终生都在时间里俯仰与探询,正如他在《诗论》中所言,“一首诗是一个人格,必须使它崇高与完整”,即使是在那些迷茫和痛苦的岁月,诗人的“诗神”“驾着纯金的三轮马车”,依旧在“生活的旷野上驰骋”。此间况味,有待读者细加体会。在时间和历史变迁中历时地、整体地感知诗人,既感知他国族命运之下的人生遭际,也了解他诗风转变投射出的文化信息,而不将目光停留在几首所谓经典诗作上，是深入读取艾青的必要策略。

因此，这本诗集的编选，一方面以诗人的创作年轮为序，力求使读者诸君在阅读中体会这首艾青的“时间之诗”；另一方面，在诗人的创作年轮上，选诗又不求数量的均匀。这些选诗，构成了编者以为最佳的美学矩阵，期盼你们能最终看到一位不同寻常的诗人。曾经有那么一瞬间，我们的母语因为这位伟大的诗人而露出异常美丽的面容。

艾青是一位真正的诗人。艾青诗的成就或许得益于艺术天赋和域外习得的绘画与诗歌技艺，但他写下的好诗，并不适合纯粹的技术分析；对它们的阅读，需要你们触摸诗中心灵的层次，探询其中爱的博大与深沉，感受诗人情感前所未有的厚度，练习他庄重、简朴和崇高的生活姿态——这一切，都或多或少因生活的某种沙化而变得疏松和轻率了。

阅读是一种遇合，是一种机缘。希望这本选集能够替艾青诗作传达神秘的诗歌能量，帮你做一个读过艾青的人。因为，这个世界，甚至包括你我，都已经“染上了他一切的言语”（艾青《老人》）。

傅元峰

当黎明穿上了白衣

紫蓝的林子与林子之间[①]
由青灰的山坡到青灰的山坡，
绿的草原，
绿的草原，草原上流着
——新鲜的乳液似的烟……

啊，当黎明穿上了白衣的时候，
田野是多么新鲜！
看，
微黄的灯光，
正在电杆上颤栗它的最后的时间。
看！

一九三二年一月二十五日　由巴黎到马赛的路上

① 为保持原作风貌，本书收录作品的字词、标点原则上不做改动。

阳光在远处

阳光在沙漠的远处，
船在暗云遮着的河上驰去，
暗的风，
暗的沙土，
暗的
　　旅客的心啊。
——阳光嘻笑地
　　　　　　射在沙漠的远处。

一九三二年二月三日　苏伊士河上

那　边

黑的河流，黑的天。
在黑与黑之间，
疏的，密的，
无千万的灯光。

一切都静默着，
只有那边灯光的一面，
铁的声音，
沸腾的人市的声音，
不断地煽出。

在千万的灯光之间，
红的绿的警灯，一闪闪地亮着，
在每秒钟里，
它警告着人世的永劫的灾难。

黑的河流,黑的天,
在黑与黑之间,
疏的,密的,
无千万的灯光,
看吧,那边是:
永远在挣扎的人间。

一九三二年二月二十六日　湄公河畔

聆　　听

驰荡呀
驰荡呀
法南水电厂的吼声
彻叫着:夜
沉在监狱的房里
震摇的
夹着难友的鼾声呀
像大航轮般
在深蓝的海洋上
以速力钻开了水波
夜
它前进着……

一九三二年　上海

透明的夜

一

透明的夜。

……阔笑从田堤上煽起……
一群酒徒，望
沉睡的村，哗然地走去……
村，
狗的吠声，叫颤了
满天的疏星。

村，
沉睡的街
沉睡的广场，冲进了
醒的酒坊。

酒，灯光，醉了的脸
放荡地笑在一团……

“走
　　到牛杀场，去
喝牛肉汤……”

二

酒徒们，走向村边
进入了一道灯光敞开的门，
血的气息，肉的堆，牛皮的
热的腥酸……
人的嚣喧，人的嚣喧。

油灯像野火一样，映出
十几个生活在草原上的
泥色的脸。

这里是我们的娱乐场，
那些是多谙熟的面相，
我们拿起
热气蒸腾的牛骨
大开着嘴，咬着，咬着……

“酒，酒，酒
我们要喝。”

油灯像野火一样，映出
牛的血，血染的屠夫的手臂，
溅有血点的
　屠夫的头额。

油灯像野火一样，映出
我们火一般的肌肉，以及
——那里面的——
痛苦，愤怒和仇恨的力。

油灯像野火一样，映出
——从各个角落来的——
夜的醒者
醉汉
浪客
过路的盗
偷牛的贼……
“酒，酒，酒
我们要喝。”

三

……

“趁着星光，发抖

　我们走……”

阔笑在田堤上煽起……

一群酒徒，离了

沉睡的村，向

沉睡的原野

　哗然地走去……

夜，透明的

夜！

一九三二年九月十日

大 堰 河

——我的保姆

大堰河，是我的保姆。
她的名字就是生她的村庄的名字，
她是童养媳，
大堰河，是我的保姆。

我是地主的儿子；
也是吃了大堰河的奶而长大了的
大堰河的儿子。
大堰河以养育我而养育她的家，
而我，是吃了你的奶而被养育了的，
大堰河啊，我的保姆。

大堰河，今天我看到雪使我想起了你：
你的被雪压着的草盖的坟墓，
你的关闭了的故居檐头的枯死的瓦菲，
你的被典押了的一丈平方的园地，

你的门前的长了青苔的石椅，
大堰河，今天我看到雪使我想起了你。

你用你厚大的手掌把我抱在怀里，抚摸我；
在你搭好了灶火之后，
在你拍去了围裙上的炭灰之后，
在你尝到饭已煮熟了之后，
在你把乌黑的酱碗放到乌黑的桌子上之后，
在你补好了儿子们的为山腰的荆棘扯破的衣服之后，
在你把小儿被柴刀砍伤了的手包好之后，
在你把夫儿们的衬衣上的虱子一颗颗地掐死之后，
在你拿起了今天的第一颗鸡蛋之后，
你用你厚大的手掌把我抱在怀里，抚摸我。

我是地主的儿子，
在我吃光了你大堰河的奶之后，
我被生我的父母领回到自己的家里。
啊，大堰河，你为什么要哭？

我做了生我的父母家里的新客了！
我摸着红漆雕花的家具，
我摸着父母的睡床上金色的花纹，
我呆呆地看着檐头的我不认得的“天伦叙乐”的匾，
我摸着新换上的衣服的丝的和贝壳的纽扣，
我看着母亲怀里的不熟识的妹妹，

我坐着油漆过的安了火钵的炕凳，
我吃着碾了三番的白米的饭，
但，我是这般忸怩不安！因为我
我做了生我的父母家里的新客了。

大堰河，为了生活，
在她流尽了她的乳液之后，
她就开始用抱过我的两臂劳动了，
她含着笑，洗着我们的衣服，
她含着笑，提着菜篮到村边的结冰的池塘去，
她含着笑，切着冰屑窸索的萝卜，
她含着笑，用手掏着猪吃的麦糟，
她含着笑，扇着炖肉的炉子的火，
她含着笑，背了团箕到广场上去
　晒好那些大豆和小麦，
大堰河，为了生活，
在她流尽了她的乳液之后，
她就用抱过我的两臂，劳动了。

大堰河，深爱着她的乳儿；
在年节里，为了他，忙着切那冬米的糖，
为了他，常悄悄地走到村边的她的家里去，
为了他，走到她的身边叫一声“妈”，
大堰河，把他画的大红大绿的关云长
　贴在灶边的墙上，

大堰河，会对她的邻居夸口赞美她的乳儿；
大堰河曾做了一个不能对人说的梦：
在梦里，她吃着她的乳儿的婚酒，
坐在辉煌的结彩的堂上，
而她的娇美的媳妇亲切地叫她"婆婆"
……
大堰河，深爱她的乳儿！

大堰河，在她的梦没有做醒的时候已死了。
她死时，乳儿不在她的旁侧，
她死时，平时打骂她的丈夫也为她流泪，
五个儿子，个个哭得很悲，
她死时，轻轻地呼着她的乳儿的名字，
大堰河，已死了，
她死时，乳儿不在她的旁侧。

大堰河，含泪的去了！
同着四十几年的人世生活的凌侮，
同着数不尽的奴隶的凄苦，
同着四块钱的棺材和几束稻草，
同着几尺长方的埋棺材的土地，
同着一手把的纸钱的灰，
大堰河，她含泪的去了。

这是大堰河所不知道的：

她的醉酒的丈夫已死去，
大儿做了土匪，
第二个死在炮火的烟里，
第三，第四，第五
在师傅和地主的叱骂声里过着日子。
而我，我是在写着给予这不公道的世界的咒语。
当我经了长长的漂泊回到故土时，
在山腰里，田野上，
兄弟们碰见时，是比六七年前更要亲密！
这，这是为你，静静的睡着的大堰河
所不知道的啊！

大堰河，今天，你的乳儿是在狱里，
写着一首呈给你的赞美诗，
呈给你黄土下紫色的灵魂，
呈给你拥抱过我的直伸着的手。
呈给你吻过我的唇，
呈给你泥黑的温柔的脸颜，
呈给你养育了我的乳房，
呈给你的儿子们，我的兄弟们，
呈给大地上一切的，
我的大堰河般的保姆和她们的儿子，
呈给爱我如爱她自己的儿子般的大堰河。

大堰河，

我是吃了你的奶而长大了的
你的儿子，
我敬你
爱你！

一九三三年一月十四日　雪朝

芦　　笛

——纪念故诗人阿波里内尔

J'avais un mirliton que je n'aurais pas échangé contre un bâton de maréchal de France.

——G. Apollinaire①

我从你彩色的欧罗巴
带回了一支芦笛，
同着它，
我曾在大西洋边
像在自己家里般走着，
如今
你的诗集 *Alcool*②是在上海的巡捕房里，
我是"犯了罪"的，

① 当年我有一支芦笛，
拿法国大元帅的节杖我也不换。
——G. 阿波里内尔

② 法文，意为"酒"。

在这里
芦笛也是禁物。
我想起那支芦笛啊，
它是我对于欧罗巴的最真挚的回忆，
阿波里内尔君，
你不仅是个波兰人
因为你
在我的眼里，
真是一节流传在蒙马特的故事，
那冗长的，
　惑人的，
由玛格丽特震颤的褪了脂粉的唇边
吐出的堇色的故事。
谁不应该朝向那
白里安和俾士麦的版图
吐上轻蔑的唾液呢——
那在眼角里充溢着贪婪，
卑污的盗贼的欧罗巴！
但是，
我耽爱着你的欧罗巴啊，
波特莱尔和兰布的欧罗巴。
在那里，
我曾饿着肚子
把芦笛自矜地吹，
人们嘲笑我的姿态，

因为那是我的姿态呀！
人们听不惯我的歌，
因为那是我的歌呀！
滚吧
你们这些曾唱了《马赛曲》，
而现在正在淫污着那
光荣的胜利的东西！
今天，
我是在巴士底狱里，
不，不是那巴黎的巴士底狱。
芦笛并不在我的身边，
铁镣也比我的歌声更响，
但我要发誓——对于芦笛，
为了它是在痛苦地被辱着，
我将像一七八九年似的
向灼肉的火焰里伸进我的手去！
在它出来的日子，
将吹送出
对于凌侮过它的世界的
毁灭的咒诅的歌。
而且我要将它高高地举起，
以悲壮的 Hymne[①]
把它送给海，

① 法语意为“颂歌”。

送给海的波，
粗野的嘶着的
海的波啊！

一九三三年三月二十八日

巴　　黎

巴黎
在你的面前
黎明的，黄昏的
中午的，深宵的
——我看见
你有你自己个性的
愤怒，欢乐
悲痛，嬉戏和激昂！
整天里
你，无止息的
用手捶着自己的心肝
捶！捶！
或者伸着颈，直向高空
嘶喊！
或者垂头丧气，锁上了眼帘
——如爱者弃我远去
沉溺地浸淫在敌人的怀中

叫　　喊

在彻响声里
太阳张开了炬光的眼，
在彻响声里
风伸出温柔的臂，
在彻响声里
城市醒来……

这是春，
这是春的上午，

我从阴暗处
怅望着
白的亮的宇宙，
那里，
生命是转动着的，
那里，

时间像一个驰着的轮子，
那里，
光在翩翩地飞……

我从阴暗处
怅望着
白的亮的
波涛般跳跃着的宇宙，

那是生活的叫喊着的海啊！

一九三三年三月十三日

铁 窗 里

只能通过这唯一的窗，
我才能——
看见熔铁般红热的奔流着的朝霞；
看见潮退后星散在平沙上的贝壳般的云朵；
看见如浓墨倾泻在素绢上的阴霾；
看见如披挂在贵妇人裸体上的绯色薄纱的霓彩；
看见去拜访我的故乡的南流的云；
看见拥上火的太阳的东海的云；
看见法兰西绘画里的塞纳河上的晴空；
看见微风款步过海面时掀起鱼鳞样银浪般的天；
看见狂热的夏的天，抑郁的春的天，飘逸而
　又凄凉的秋的天；
看见寂寞的残阳爬上
　延颈歌唱在屋脊上的鸠的肩背；
看见温煦的朝日在翩跹的鸽群的白羽上闪光；
看见夜游的蝙蝠回旋在沉重的暮气里……

只能通过这唯一的窗，
我才能举起——
对于海洋的怀念，
　当碧空虚阔地展开的时候；
对于马雅可夫斯基的诗的太阳的怀念，
　当炎阳投射在赤色的围墙上；
对于千万的伸着古铜般巨臂的新世界创造者
　　的怀念，
　当汽笛的声音悠长而豪阔地横过；
对于秋的绯红的森林与萧萧芦洲的怀念，
　在秋风里；
对于家乡的满山火焰般杜鹃花的怀念，
　在传来的卖花声里；
对于坐着白漆艇荡过烟水渺茫的湖的怀念，
　当天空扬过一片云的白帆；
对于都市的汹嚣的夜的街道的怀念，
　当墙外喧响过车声与人语；
对于被夕阳烫熨着的大地的怀念；
对于雪的怀念，
　五月的秋的海的怀念；
对于一切在我的记忆里留过烙印的东西，都
　怀念着……

只能通过这唯一的窗，
我才能举起仰视的幻想的眼波，

在迎迓一切新的希冀——
在黄昏里希冀皓月与繁星，
在深夜希冀着黎明，
在炎夏希冀凉秋，
在严冬又希冀新春，
这不断的希冀啊，
使我感触到世界的存在；
带给我多量的生命的力。
这样，
我才能跨过——
这黎明黄昏，黄昏黎明，春夏秋冬，秋冬春夏的茫茫的时间的大海啊。

古宅的造访

静听这
从墙角传来的
角笛的悠长的声音……
在你那里
有个中世纪的巴黎
——远离了喧嚣
蛰伏在《圣经》里的巴黎。
当我这随着流动的时间
在不断的变形的少年
从遥远的旅舍
经了长长的散步
来到你的居家里时
真像那久久倦游的旅客
走进了一座异地的教堂
——在终日聒叫的城市当中
也得到片刻可贵的安息。

我走上暗暗的楼梯
你引我悄悄地进去
在宽大的无光的房里
回流着古木的气息；
我用感伤的凝视看着：
路易士朝式的家具
波斯纹彩的瓷器
和黑色雕花的书架上的
拉辛,莫利哀,雨果的全集。
当那静静的风
拂动了静静的白的窗帷,
你开始以微温的呼吸
嘘动你大波形的
单薄的胸间衣绉；
停滞在思索里的
幽默的蓝眼
在揣想我幽默的心怀；
你金黄的鬈鬈长发
在我的眼前
展开了一个
幻想的多波涛的海……
沉浸在淡紫的宇宙里,
你安详地摆动着你
丰满的圆润的胸脯
——那使我遥遥地想起

拉飞尔的
充满妩媚的日子……
我以迟缓的眼波
聆听你微颤的金声
给我传述：
神和人的故事
太阳的故事
哀罗丝的故事
和缪塞的诗篇里的
一滴眼泪变成
珍珠的故事……
让我无言的
和你对坐着
在古旧的遗梦里
做一个圣洁的
爱的悠长的漫游吧；
但是，你听呀
那古旧的木制的挂钟
它已露出学究的庄严，
诙谐的
用急促的鸡唱的音调，
既欢迎我默默地到来
却又催我默默地归去……

我的季候

今天已不能再坐在
公园的长椅上，看鸽群
环步于石像的周围了。
唯有雨滴
做了这里的散步者；
偶尔听见从静寂里喧起的
它的步伐之单调而悠长的声响，
真有不可却的抑郁
袭进你少年的心头啊。
沿着无尽长的人行道，
街树枝头零落的点滴
飘散在你裸露的颈上；
伸手去触围着公园的
　　铁的栏栅，像执着
倦于憎爱的妇女之腻指，
使你感到有太快慰了的

新凉……
这是我的季候……
让我打着断续而扬抑起
直升到空虚里去的
音节之漫长的口哨，
向一切无人走的道上走去……
每当我想起了……初春之
过甚的浮夸，夏的傲慢的
炽烈，并严冬之可叹的
冷酷时，我愿岁岁朝朝
都挽住了这般的
含有无限懊丧的秋色。
乌黑的怨恨，金煌的情爱
它们一样的与我无关；
而对于生命的挂怀，
和什么幸运的热望呀，
已由萧萧初坠的残叶，
告知你以可信的一切了。
秋啊！
你全般灰色的雨滴，
请你伴着我——为了我
已厌倦于听取那些
佯作真理的烦琐的话语——
和我守着可贵的契默，
跨过那

由车轮溅起了
污水的广场,往不知
名的地方流浪去吧!

老　人

在那条垂直线的右面
半件褴褛的黑制服
三颗铜纽扣沿着直线
晃着三盏淡黄的油灯
——油已快干了
紫铜的面色有古旧的光
弯着的皱裂的手掌的
皮肤里蜷伏着衰老的根须
他在紧握着痉挛的生活的尾巴
——滑进了污泥里的鳅
他摇摆着古铜的前额
白沫里溅出咒诅的花
饥饿的颜色
染上了他一切的言语

一九三三年秋

泡　影

像这样的夜
承恩于雨滴的抚爱，
枯涩的怀念也该滑进
幻想的荇藻间了吧？

穿过一束荇藻
又是一束荇藻；
从荇藻里漂浮到水面的
是那瞬间即逝的泡影哪……

黎　　明

啁啾的小雀淹留着
不是淹留在家园的檐角

阴郁的电线久已成了
比竹篱更阴郁的家

航轮起碇的哨声之后
瓦背上定留新的冷感

梦，已随天边的星坠了
瑟缩的心不再有鼓翼的勇气

天幕是翻飞在窗外的灰蓝布
它飘起了冥想的又一个开始

灯

盼望着能到天边
去那盏灯的下面——
而天是比盼望更远的!
虽然光的箭,已把距离
消灭到乌有了的程度;
但怎么能使我的颤指,
轻轻地抚触一下
那盏灯的辉煌的前额呢?

九 百 个

一

渔阳，
快到了吧？

夜是这般黝黑，
风是这般凄厉。
我们身上淋着雨水，
我们的脚溅着泥浆。

渔阳，
还有多少路？

疲乏压着我们的背，
饥饿拉住我们的腿，

长官叱骂着我们，
皮鞭抽打着我们；

渔阳，
还有几天呢？

我们走过无边的原野，
我们走过荒原的秋林；
悠长的黑的夜啊！
困苦的泥泞的路啊！

渔阳，
快到了吧？

二

在沓杂的脚步声里，听：
“我们没有幸福，
我们都是奴隶！”

“我们的生活，
饥饿，疾病，耻辱！
他们的生活，
温饱，骄奢，淫逸！”

在沓杂的脚步声里，听：
“田地要荒了，
果园也将长满野草；
遥望烟雾弥漫的天边，
我们妻女的眼泪，将
洒在故乡枯干的土地上……”

在沓杂的脚步声里，听：
“纳不出给秦国的税，
我们的田地将被占据；
还不了债主们的债，
我们的妻女将被奸污！”

在沓杂的脚步声里，听：
“昨天，
我们流尽劳动的苦汗，
造成剥削者的安乐；
昨天，
我们溅出生命的鲜血，
去保卫秦皇的幸福。”

在沓杂的脚步声里，听：
“我们没有幸福，
我们都是奴隶！”

三

在林子里
有个村
叫大泽乡。

雨更大了,
我们躺下吧!
我们不走了吧!

雨更大了,
我们——九百个
躺在村边的破庙里,
我们——九百个
个个都在忧伤!

雨在哭泣着;
但,大泽乡
今夜欢笑着;
——土豪们在欢宴
秦国的长官。

看,雨的那边

大泽乡的姑娘
华衣招展——
今夜，她们是
秦国长官的陪宾。

听，雨的那边
大泽乡
飘在笙歌里……
听，雨的那边
大泽乡
浸在笑浪里……

醉吧，
悬灯结彩的大泽乡！

雨呜咽着，
九百个边防军
个个在恐惧着——
因为秦国
有庄严的军律：
“迟到者法斩。”

村已沉睡了；
但雨醒着，我们
九百个醒着——

个个的心里
都静静地
随着淫淫的雨
烧起
愤恨的火……

在林子里
有个村
叫大泽乡。

我们不走了吧！
雨，你任性地打吧！

四

“布满了乌云的夜，
站在浩荡的长江边上
静听着波涛冲击的声响，
从隔江的林子，随风吐出
秋天的浓烈的气息……
我恨你被雨水倾打着的
赭色的林子啊！
从那里，长出了
我们悲苦的命运——

当我伫立在
这破庙的门前
向那天的边际凝视啊
杂着江水冲打的声音
无边的旷野不断地
流出村犬的吠声；
黑邃的土地也不断地
送出我永远难忘的
痛苦的记忆……
土地啊！和你一样
我们是被暴乱的风雨
吹打惯了的农夫；
江河啊！和你一样
我们的心里也有巨大的
争斗的叫喊潜伏着！
我们啊！永远是
土地的儿子，
江河的儿子。
……
看，
从破庙的里面
以高大的黑影
向这边走来的
是谁呀？”

“兄是陈胜，
弟是吴广。
但，我问你
你的眼为什么含着泪？
你的厚唇却又宽怀地笑着？
你的发像一簇临风的野草；
你的拳头有如坚硬的石块……
陈胜呀！
把你的痛苦告诉我吧！”

“既然兄是陈胜，
弟是吴广，
我们的一切都是一样：
昨天，我们是田里的佣奴——
我们血汗的收获
不够还足秦国的课税；
今天，我们是兵士
被遣发到边域去，
在那里，我们用
千万人的生命
筑成秦皇幸福的墙围；
而敌人的骑士
勇敢里带着残忍。
所以往北方去的
从没有归来的消息——

任我们的母亲、妻子和儿女
流干了期待的眼泪，
我们的尸骨将永埋在荒草里
如今，我们的行期
已被风雨的阻碍延误了！
依照秦国的军律
我们将被处死——
像镰刀割着丛草；
你我都是旷野上的好汉
生来具有宏伟的心胸
在田野的苦厄里
早已萌起战斗的志愿，
起来吧！
去唤醒
我们成千的兄弟，
整列着队伍
和暴压的秦皇对抗！
我是陈胜，
你是吴广！”

五

在到大泽乡的第七天，
晨曦刚掠过破庙的檐头，

兵士们聚集在稻草堆上，
三三五五地分散着，
传述一种星火似的消息：
昨晚从林子里飘来
有“拥护陈胜”的呼喊，
——陈胜是他们的兄弟
知道九百个痛苦
像知道他自己的痛苦一样，
兵士们的心里
个个都充满着欢喜，
像春阳照临大地
泛滥着一种光明的希冀；
吴广在兵士与兵士之间
有如水田里的青蛙
嘶声地喊，叫起了
九百只的青蛙，
在破庙的四角响应！

当雨水更疯狂地由头顶落下
那两个长官从破庙外走来，
踉踉跄跄地；
冒着血丝的眼
还留着昨夜
美酒，女人，脂粉的醉意，
跑到破庙门口，他们

突然圆瞪着眼
叱骂着星散的兵士，
说他们是狗，是畜类……
这时候，
九百个的心
早已串成一条
复仇的链索了！
那大汉子——吴广
摆动着宽大的肩膀，
一步步地逼近长官，
以果敢的话语
向静寂的空气掷去：
“我们一共九百个，
个个都在受苦，
没有白日和黑夜，
冒着风雨奔走，
已经九天了——
我们在这潮湿的泥地上，
腐烂的稻草堆里，
挨过悠长的夜，
九百个没有一个睡眠！
而你们——你们却天天
搂抱着大泽乡的女郎
吮着美酒
在脂粉香里

昏迷地睡去……”
那两个长官的眼里
顿时冒着火焰,
破庙的四角也在骚动了!
这时,一个长官的身子
已被几个兵士扭倒在地上;
另外的一个,从腰边
抽出闪光的剑,
迅速地向吴广的胸口刺来,
吴广以敏捷的手
抵开了剑锋,
把身子往他的左面一转,
扭住了长官拿剑柄的手,
夺过了剑子,向平空
猛然地一击,于是
长官的头颅
带着飞溅的血
滚在稻草上……

九百个
在倾盆的雨声里
一齐地喊着:
“拥护陈胜!
拥护吴广!”

六

“拥护陈胜！
拥护吴广！”

“兄弟们，
天是这样下雨，
我们又过着饥饿的日子，
到渔阳早已误过了日期，
照秦国的军律，
我们——九百个
个个都要处死，
既然要死
应该死在战斗里！
应该死得光荣！
秦皇和他所属的
贪官污吏，
大腹贾，土豪们，
全是寄生虫，
吸吮我们血液的野兽，
我们的劳力
造成他们的财富；
如今，秦皇

又把我们往沙漠边上送,
在北方,朔风将像皮鞭
抽打我们的身体,
敌人的马队,在夜里
将震惊魂魄地驰过;
而他们——统治者
却在后方过着欢笑的日子……
你们知道么——
阿房宫有着永远的春色?
他们看不见
我们洒在边疆的血液!
他们的身边有的
是美女的酥胸大腿,
怎会想起我们
曝晒在荒野上的枯骨?
今天,他们为了维持
他们永久的淫逸,
我们——九百个的生命
像野草等待刈割
将成了他们军法的牺牲!
兄弟们啊!
在大地上
我们从来没有幸福,
但,天生了你我
有什么和他们两样?"

九百个
在倾盆的雨声里
一齐地喊着：
“反对到渔阳！
打倒秦皇！”

七

大泽乡咆哮了！
在狂暴的风声里，
冲出了九百个的吼叫，
那一片汪洋的大水，
象征着叛乱者的意志，
泛滥出千万年的积郁，
击碎军纪的链索，
冲陷法律的堤岸
他们的队伍是最坚强的！
而天幕下一切受辱的人们，
将应和着他们的叫喊
从林间，从茅舍，从
每个黑暗的角落奔出，
提供了自己的生命，
去扑杀那共同的仇敌！
看，那无数的黑色之群

汹涌着来了——从黑色的
土地到黑色的土地……
他们的武器，就是那
几千年来翻掘土地的
锄头，和永远伴着他们的
镰刀，他们拔起竹竿，
当作义举的大纛；
那不止的风雨，
成了他们的战鼓；
他们前进，他们呼喊
那粗暴的声音，
震颤了深厚的地层！
阵线随着时间
在田野上迅速地张开着——
谁能说这就是
秦皇统治的全领域？
大地摆荡着，
扬子江也在跳跃了！
九百个做了他们的先驱
勇敢无畏地迈进着……
他们所到的地方
没有阻碍，因为
正义是属于他们的；
耻辱的将变成光荣；
束缚的也得了解放，

莫说他们凶暴得像野兽，
他们要争取生活的权利！
人们应该祝福他们
胜利，因为他们
才是大地真正的主人！

窗

在这样绮丽的日子
我悠悠地望着窗
也能望见她
她在我幻想的窗里
我望她也在窗前
用手支着丰满的下颌
而她柔和的眼
则沉浸在思念里

在她思念的眼里
映着一个无边的天
那天的颜色
是梦一般青的
青的天的上面
浮起白的云片了
追踪那云片

她能望见我的影子

是的,她能望见我
也在这样的日子
因我也是生存在
她幻想的窗里的

晨　歌

拭去你的眼泪吧——
打开窗
让你伏在
金黄的大鹏鸟的翅膀下……

大鹏鸟起飞时
你的梦
会离弃夜的烦忧
和黑暗之畏惧的

让它把你带去！
到无极的海洋
与无风的沙漠
或是阿尔卑斯山之巅
挟着希望的遨游者有福了

愿你借大鹏鸟的羽光
给沉睡的世界,和它的
匍匐着的众生以抚慰吧!

太　阳

从远古的墓茔
从黑暗的年代
从人类死亡之流的那边
震惊沉睡的山脉
若火轮飞旋于沙丘之上
太阳向我滚来……

它以难遮掩的光芒
使生命呼吸
使高树繁枝向它舞蹈
使河流带着狂歌奔向它去

当它来时，我听见
冬蛰的虫蛹转动于地下
群众在旷场上高声说话
城市从远方

用电力与钢铁召唤它

于是我的心胸
被火焰之手撕开
陈腐的灵魂
搁弃在河畔
我乃有对于人类再生之确信

一九三七年春

煤的对话

——À Y.R.[①]

你住在哪里？

我住在万年的深山里
我住在万年的岩石里

你的年纪——

我的年纪比山的更大
比岩石的更大

你从什么时候沉默的？

从恐龙统治了森林的年代
从地壳第一次震动的年代

① 给又然。

你已死在过深的怨愤里了么？

死？不，不，我还活着——
请给我以火，给我以火！

一九三七年春

春

春天了
龙华的桃花开了
在那些夜间开了
在那些血斑点点的夜间
那些夜是没有星光的
那些夜是刮着风的
那些夜听着寡妇的咽泣
而这古老的土地呀
随时都像一只饥渴的野兽
舐吮着年轻人的血液
顽强的人之子的血液
于是经过了悠长的冬日
经过了冰雪的季节
经过了无限困乏的期待
这些血迹,斑斑的血迹
在神话般的夜里

在东方的深黑的夜里
爆开了无数的蓓蕾
点缀得江南处处是春了
人问:春从何处来?
我说:来自郊外的墓窟。

一九三七年四月

生　　命

有时
我伸出一只赤裸的臂
平放在壁上
让一片白垩的颜色
衬出那赭黄的健康

青色的河流鼓动在土地里
蓝色的静脉鼓动在我的臂膀里

五个手指
是五支新鲜的红色
里面旋流着
土地耕植者的血液

我知道
这是生命

让爱情的苦痛与生活的忧郁
让它去担载罢，
让它喘息在
世纪的辛酷的犁轭下，
让它去欢腾，去烦恼，去笑，去哭罢，
它将鼓舞自己
直到颓然地倒下！

这是应该的
依照我的愿望
在期待着的日子
也将要用自己的悲惨的灰白
去衬映出
新生的跃动的鲜红。

一九三七年四月

笑

我不相信考古学家——

在几千年之后，
在无人迹的海滨，
在曾是繁华过的废墟上
拾得一根枯骨
——我的枯骨时，
他岂能知道这根枯骨
是曾经了二十世纪的烈焰燃烧过的？

又有谁能在地层里
寻得
那些受尽了磨难的
牺牲者的泪珠呢？
那些泪珠
曾被封禁于千重的铁栅，

却只有一枚钥匙
可以打开那些铁栅的门，
而去夺取那钥匙的无数大勇
却都倒毙在
守卫者的刀枪下了

如能捡得那样的一颗泪珠
藏之枕畔
当比那捞自万丈的海底之贝珠
更晶莹，更晶莹
而彻照万古啊！

我们岂不是
都在自己的年代里
被钉上了十字架么？
而这十字架
决不比拿撒勒人所钉的
较少痛苦。

敌人的手
给我们戴上荆棘的冠冕
从刺破了的惨白的前额
淋下的深红的血点，
也不曾写尽
我们胸中所有的悲愤啊！

诚然
我们不应该有什么奢望，
却只愿有一天
人们想起我们，
像想起远古的那些
和巨兽搏斗过来的祖先，
脸上会浮上一片
安谧而又舒展的笑——
虽然那是太轻松了，
但我却甘愿
为那笑而捐躯！

一九三七年五月八日

复活的土地

腐朽的日子
早已沉到河底，
让流水冲洗得
快要不留痕迹了；

河岸上
春天的脚步所经过的地方，
到处是繁花与茂草；
而从那边的丛林里
也传出了
忠心于季节的百鸟之
高亢的歌唱。

播种者呵
是应该播种的时候了，
为了我们肯辛勤地劳作

大地将孕育
金色的颗粒。

就在此刻，
你——悲哀的诗人呀，
也应该拂去往日的忧郁，
让希望苏醒在你自己的
久久负伤着的心里：

因为，我们的曾经死了的大地，
在明朗的天空下
已复活了！
——苦难也已成为记忆，
在它温热的胸膛里
重新旋流着的
将是战斗者的血液。

一九三七年七月六日　沪杭路上

他起来了

他起来了——
从几十年的屈辱里
从敌人为他掘好的深坑旁边

他的额上淋着血
他的胸上也淋着血
但他却笑着
——他从来不曾如此地笑过

他笑着
两眼前望且闪光
像在寻找
那给他倒地的一击的敌人

他起来了
他起来

将比一切兽类更勇猛
又比一切人类更聪明

因为他必须如此
因为他
　　必须从敌人的死亡
夺回来自己的生存

一九三七年十月十二日　杭州

雪落在中国的土地上

雪落在中国的土地上，
寒冷在封锁着中国呀……

风，
像一个太悲哀了的老妇，
紧紧地跟随着
伸出寒冷的指爪
拉扯着行人的衣襟，
用着像土地一样古老的话
一刻也不停地絮聒着……

那从林间出现的，
赶着马车的
你中国的农夫
戴着皮帽
冒着大雪

你要到哪儿去呢？

告诉你
我也是农人的后裔——
由于你们的
刻满了痛苦的皱纹的脸
我能如此深深地
知道了
生活在草原上的人们的
岁月的艰辛。

而我
也并不比你们快乐啊
——躺在时间的河流上
苦难的浪涛
曾经几次把我吞没而又卷起——
流浪与监禁
已失去了我的青春的
最可贵的日子，
我的生命
也像你们的生命
一样的憔悴呀

雪落在中国的土地上，
寒冷在封锁着中国呀……

沿着雪夜的河流，
一盏小油灯在徐缓地移行，
那破烂的乌篷船里
映着灯光,垂着头
坐着的是谁呀?

——啊,你
蓬发垢面的少妇，
是不是
你的家
——那幸福与温暖的巢穴——
已被暴戾的敌人
烧毁了?
是不是
也像这样的夜间，
失去了男人的保护，
在死亡的恐怖里
你已经受尽敌人刺刀的戏弄?

咳,就在如此寒冷的今夜，
无数的
我们的年老的母亲，
都蜷伏在不是自己的家里，
就像异邦人
不知明天的车轮

要滚上怎样的路程……
——而且
中国的路
是如此的崎岖
是如此的泥泞呀。

雪落在中国的土地上，
寒冷在封锁着中国呀……

透过雪夜的草原
那些被烽火所啮啃着的地域，
无数的，土地的垦殖者
失去了他们所饲养的家畜
失去了他们肥沃的田地
拥挤在
生活的绝望的污巷里：
饥馑的大地
朝向阴暗的天
伸出乞援的
颤抖着的两臂。

中国的苦痛与灾难
像这雪夜一样广阔而又漫长呀！
雪落在中国的土地上
寒冷在封锁着中国呀……

中国
我的在没有灯光的晚上
所写的无力的诗句
能给你些许的温暖么？

一九三七年十二月二十八日夜间

风 陵 渡

风吹着黄土层上的黄色的泥沙
风吹着黄河的污浊的水
风吹着无数古旧的渡船
风吹着无数渡船上的古旧的布帆

黄色的泥沙
使我们看不见远方
黄河的水
激起险恶的浪
古旧的渡船
载着我们的命运
古旧的布帆
突破了风,要把我们
带到彼岸
风陵渡是险恶的
黄河的浪是险恶的

听呵
那野性的叫喊
它没有一刻不想扯碎我们的渡船
和鲸吞我们的生命
而那潼关啊
潼关在黄河的彼岸
它庄严的
守卫着祖国的平安

一九三八年初　风陵渡

手 推 车

在黄河流过的地域
在无数的枯干了的河底
手推车
以唯一的轮子
发出使阴暗的天穹痉挛的尖音
穿过寒冷与静寂
从这一个山脚
到那一个山脚
彻响着
北国人民的悲哀

在冰雪凝冻的日子
在贫穷的小村与小村之间
手推车
以单独的轮子
刻画在灰黄土层上的深深的辙迹

穿过广阔与荒漠
从这一条路
到那一条路
交织着
北国人民的悲哀

一九三八年初

北　方

一天
那个科尔沁草原上的诗人
对我说：
“北方是悲哀的。”

不错
北方是悲哀的。
从塞外吹来的
沙漠风，
已卷去北方的生命的绿色
与时日的光辉
——一片暗淡的灰黄
蒙上一层揭不开的沙雾；
那天边疾奔而至的呼啸

带来了恐怖

疯狂地
扫荡过大地；
荒漠的原野
冻结在十二月的寒风里，
村庄呀，山坡呀，河岸呀，
颓垣与荒冢呀
都披上了土色的忧郁……
孤单的行人，
上身俯前
用手遮住了脸颊，
在风沙里
困苦地呼吸
一步一步地
挣扎着前进……
几只驴子
——那有悲哀的眼
　　和疲乏的耳朵的畜生，
载负了土地的
痛苦的重压，
它们厌倦的脚步
徐缓地踏过
北国的
修长而又寂寞的道路……

那些小河早已枯干了

河底也已画满了车辙，
北方的土地和人民
在渴求着
那滋润生命的流泉啊！
枯死的林木
与低矮的住房
稀疏地，阴郁地
散布在灰暗的天幕下；
天上，
看不见太阳，
只有那结成大队的雁群
惶乱的雁群
击着黑色的翅膀
叫出它们的不安与悲苦，
从这荒凉的地域逃亡
逃亡到
绿荫蔽天的南方去了……

北方是悲哀的
而万里的黄河
汹涌着混浊的波涛
给广大的北方
倾泻着灾难与不幸；
而年代的风霜
刻画着

广大的北方的
贫穷与饥饿啊。

而我
——这来自南方的旅客，
却爱这悲哀的北国啊。
扑面的风沙
与入骨的冷气
决不曾使我咒诅；
我爱这悲哀的国土，
一片无垠的荒漠
也引起了我的崇敬
——我看见
我们的祖先
带领了羊群
吹着笳笛
沉浸在这大漠的黄昏里；
我们踏着的
古老的松软的黄土层里
埋有我们祖先的骸骨啊，
——这土地是他们所开垦
几千年了
他们曾在这里
和带给他们以打击的自然相搏斗
他们为保卫土地，

从不曾屈辱过一次，
他们死了
把土地遗留给我们——
我爱这悲哀的国土，
它的广大而瘦瘠的土地
带给我们以淳朴的言语
与宽阔的姿态，
我相信这言语与姿态，
坚强地生活在大地上
永远不会灭亡；
我爱这悲哀的国土，
　　古老的国土
——这国土
养育了为我所爱的
世界上最艰苦
与最古老的种族。

一九三八年二月四日　潼关

向 太 阳

从远古的墓茔
从黑暗的年代
从人类死亡之流的那边
震惊沉睡的山脉
若火轮飞旋于沙丘之上
太阳向我滚来……

——引自旧作《太阳》

一、我起来

我起来——
像一只困倦的野兽
受过伤的野兽
从狼藉着败叶的林薮
从冰冷的岩石上

挣扎了好久
支撑着上身
睁开眼睛
向天边寻觅……

我——
是一个
从遥远的山地
从未经开垦的山地
到这几千万人
　　用他们的手劳作着
　　用他们的嘴呼嚷着
　　用他们的脚走着的城市来的
　　旅客，
我的身上
酸痛的身上
深刻地留着
风雨的昨夜的
长途奔走的疲劳

但
我终于起来了
我打开窗
用囚犯第一次看见光明的眼
看见了黎明

——这真实的黎明啊

（远方
似乎传来了群众的歌声）
于是　我想到街上去

二、街上

早安呵
你站在十字街头
　车辆过去时
　举着白袖子的手的警察
早安呵
你来自城外的
　挑着满箩绿色的菜贩
早安呵
你打扫着马路的
　穿着红色背心的清道夫
早安呵
你提了篮子，第一个到菜场去的
　棕色皮肤的年轻的主妇
我相信
昨夜
你们决不像我一样

　被不停的风雨所追踪

　被无止的噩梦所纠缠

你们都比我睡得好啊！

三、昨天

昨天

我在世界上

用可怜的期望

喂养我的日子

像那些未亡人

披着麻缕

用可怜的回忆

喂养她们的日子一样

昨天

我把自己的国土

　当作病院

——而我是患了难于医治的病的

没有哪一天

我不是用迟滞的眼睛

看着这国土的

　没有边际的凄惨的生命……

没有哪一天

我不是用呆钝的耳朵
听着这国土的
　没有止息的痛苦的呻吟

昨天
我把自己关在
精神的牢房里
四面是灰色的高墙
没有声音
我沿着高墙
走着又走着
我的灵魂
不论白日和黑夜
永远地唱着
一曲人类命运的悲歌

昨天
我曾狂奔在
阴暗而低沉的天幕下的
没有太阳的原野
到山巅上去
伏倒在紫色的岩石上
流着温热的眼泪
哭泣我们的世纪

现在好了

一切都过去了

四、日出

> 太阳出来了……
>
> 当它来时……
>
> 城市从远方
>
> 用电力与钢铁召唤它
>
> ——引自旧作《太阳》

太阳

从远处的高层建筑

——那些水门汀与钢铁所砌成的山

和那成百的烟突

成千的电线杆子

成万的屋顶

所构成的

密丛的森林里

出来了……

在太平洋

在印度洋

在红海

在地中海
在我最初对世界怀着热望
而航行于无边蓝色的海水上的少年时代
我都曾看着美丽的日出
但此刻
在我所呼吸的城市
喷发着煤油的气息
柏油的气息
混杂的气息的城市
敞开着金属的胴体
矿石的胴体
电火的胴体的城市
宽阔地
承受黎明的爱抚的城市
我看见日出
比所有的日出更美丽

五、太阳之歌

是的
太阳比一切都美丽
比处女
比含露的花朵
比白雪

比蓝的海水
太阳是金红色的圆体
是发光的圆体
是在扩大着的圆体

惠特曼
从太阳得到启示
用海洋一样开阔的胸襟
写出海洋一样开阔的诗篇

凡谷[1]
从太阳得到启示
用燃烧的笔
蘸着燃烧的颜色
画着农夫耕犁大地
画着向日葵

邓肯
从太阳得到启示
用崇高的姿态
披示给我们以自然的旋律

太阳

① 现一般译为“梵高”。——编注

它更高了
它更亮了
它红得像血

太阳
它使我想起　法兰西　美利坚的革命
想起　博爱　平等　自由
想起　德谟克拉西
想起　《马赛曲》《国际歌》
想起　华盛顿　列宁　孙逸仙
　　　和一切把人类从苦难里拯救出来的
　　　人物的名字

是的
太阳是美的
且是永生的

六、太阳照在

初升的太阳
照在我们的头上
照在我们的久久地低垂着
　不曾抬起过的头上
太阳照着我们的城市和村庄

照着我们的久久地住着
　屈服在不正的权力下的城市和村庄
太阳照着我们的田野、河流和山峦
照着我们的从很久以来
　到处都蠕动着痛苦的灵魂的
　田野、河流和山峦……

今天
太阳的炫目的光芒
把我们从绝望的睡眠里刺醒了
也从那遮掩着无限痛苦的迷雾里
刺醒了我们的城市和村庄
也从那隐蔽着无边忧郁的烟雾里
刺醒了我们的田野、河流和山峦
我们仰起了沉重的头颅
从濡湿的地面
一致地
向高空呼嚷
“看我们
我们
笑得像太阳！”

七、在太阳下

“看我们
我们
笑得像太阳!”

那边
一个伤兵
支撑着木制的拐杖
沿着长长的墙壁
跨着宽阔的步伐
太阳照在他的脸上
照在他纯朴地笑着的脸上
他一步一步地走着
他不知道我在远处看着他
当他的披着绣有红十字的灰色衣服的
　高大的身体
走近我的时候
这太阳下的真实的姿态
我觉得
比拿破仑的铜像更漂亮

太阳照在

城市的上空

街上的人
这么多,这么多
他们并不曾向我打招呼
但我向他们走去
我看着每一个从我身边走过的人
对他们
我不再感到陌生

太阳照着他们的脸
照着他们的
　　光洁的,年轻的脸
　　发皱的,年老的脸
　　红润的,少女的脸
　　善良的,老妇的脸
和那一切的
　昨天还在惨愁着但今天却笑着的脸
他们都匆忙地
摆动着四肢
在太阳光下
来来去去地走着
　——好像他们被同一的意欲所驱使似的
他们含着微笑的脸
也好像在一致地说着

"我们爱这日子
不是因为我们
　　看不见自己的苦难
不是因为我们
　　看不见饥饿与死亡
我们爱这日子
是因为这日子给我们
带来了灿烂的明天的
最可信的音讯。"

太阳光
闪烁在古旧的石桥上……

几个少女——
　那些幸福的象征啊
背着募捐袋
在石桥上
在太阳下
唱着清新的歌
　"我们是天使
　健康而纯洁
　我们的爱人
　年轻而勇敢
　有的骑战马
　驰骋在旷野

有的驾飞机
飞翔在天空……”
（歌声中断了，她们在向行人募捐）
现在
她们又唱了
“他们上战场
奋勇杀敌人
我们在后方
慰劳与宣传
一天胜利了
欢聚在一堂……”
她们的歌声
是如此悠扬
太阳照着她们的
骄傲地突起的胸脯
和袒露着的两臂
和发出尊严的光辉的前额
她们的歌
飘到桥的那边去了……

太阳的光
泛滥在街上

浴在太阳光里的
街的那边

一群穿着被煤烟弄脏了的衣服的工人
扛抬着一架机器
　——金属的棱角闪着白光
太阳照在
　他们流汗的脸上
当他们每一步前进时
他们发出缓慢而沉洪的呼声
　“杭——唷
　杭——唷
　我们是工人
　工人最可怜
　贫穷中诞生
　劳动里成长
　一年忙到头
　为了吃与穿
　吃又吃不饱
　穿又穿不暖
　杭——唷
　杭——唷
　自从八一三
　敌人来进攻
　工厂被炸掉
　东西被抢光
　几千万工友
　饥饿与流亡

我们在后方
要加紧劳动
为国家生产
为抗战流汗
一天胜利了
生活才饱暖
杭——唷
杭——唷……”
他们带着不止的杭唷声
转弯了……

太阳光
泛滥在旷场上
旷场上
成千的穿草黄色制服的士兵
在操演
他们头上的钢盔
和枪上的刺刀
闪着白光
他们以严肃的静默
等待着
那及时的号令
现在
他们开步了
从那整齐的步伐声里

我听见

“一！二！三！四！

一！二！三！四！

我们是从田野来的

我们是从山村来的

我们生活在茅屋

我们呼吸在畜棚

我们耕犁着田地

田地是我们的生命

但今天

敌人来到我们的家乡

我们的茅屋被烧掉

我们的牲口被吃光

我们的父母被杀死

我们的妻女被强奸

我们没有了镰刀与锄头

只有背上了子弹与枪炮

我们要用闪光的刺刀

抢回我们的田地

回到我们的家乡

消灭我们的敌人

敌人的脚踏到哪里

敌人的血流到哪里……

……

一！二！三！四！

　一！二！三！四！
　……”
这真是何等的奇遇啊……

八、今天

今天
奔走在太阳的路上
我不再垂着头
　把手插在裤袋里了
嘴也不再吹那寂寞的口哨
不看天边的流云
不彷徨在人行道

今天
在太阳照着的人群当中
我决不专心寻觅
那些像我自己一样惨愁的脸孔了

今天
太阳吻着我昨夜流过泪的脸颊
吻着我被人世间的丑恶厌倦了的眼睛
吻着我为正义喊哑了声音的嘴唇
吻着我这未老先衰的

啊！快要佝偻了的背脊

今天
我听见
太阳对我说
　“向我来
　从今天
　你应该快乐些呵……”

于是
被这新生的日子所蛊惑
我欢喜清晨郊外的军号的悠远的声音
我欢喜拥挤在忙乱的人丛里
我欢喜从街头敲打过去的锣鼓的声音
我欢喜马戏班的演技
　当我看见了那些原始的，粗暴的，健康的运动
　我会深深地爱着它们
　——像我深深地爱着太阳一样

今天
我感谢太阳
太阳召回了我的童年了

九、我向太阳

我奔驰
依旧乘着热情的轮子
太阳在我的头上
用不能再比这更强烈的光芒
燃灼着我的肉体
由于它的热力的鼓舞
我用嘶哑的声音
歌唱了

　“于是,我的心胸
　被火焰之手撕开
　陈腐的灵魂
　搁弃在河畔……”

这时候
我对我所看见　所听见
感到了从未有过的宽怀与热爱
我甚至想在这光明的际会中死去……

一九三八年四月　在武昌

我爱这土地

假如我是一只鸟，
我也应该用嘶哑的喉咙歌唱：
这被暴风雨所打击着的土地，
这永远汹涌着我们的悲愤的河流，
这无止息地吹刮着的激怒的风，
和那来自林间的无比温柔的黎明……
——然后我死了，
连羽毛也腐烂在土地里面。

为什么我的眼里常含泪水？
因为我对这土地爱得深沉……

一九三八年十一月十七日

冬日的林子

我欢喜走过冬日的林子——
没有阳光的冬日的林子
干燥的风吹着的冬日的林子
天像要下雪的冬日的林子

没有色泽的冬日是可爱的
没有鸟的聒噪的冬日是可爱的
冬日的林子里一个人走着是幸福的
我将如猎者般轻悄地走过
而我决不想猎获什么……

一九三九年二月十五日

吹 号 者

好像曾经听到人家说过，吹号者的命运是悲苦的，当他用自己的呼吸磨擦了号角的铜皮使号角发出声响的时候，常常有细到看不见的血丝，随着号声飞出来……

吹号者的脸常常是苍黄的……

一

在那些蜷卧在铺散着稻草的地面上的困倦的人群里，
在那些穿着灰布衣服的污秽的人群里，
他最先醒来——
他醒来显得如此突兀
每天都好像被惊醒似的，
是的，他是被惊醒的，
惊醒他的
是黎明所乘的车辆的轮子

滚在天边的声音。

他睁开了眼睛，
在通宵不熄的微弱的灯光里
他看见了那挂在身边的号角，
他困惑地凝视着它
好像那些刚从睡眠中醒来
第一眼就看见自己心爱的恋人的人
一样欢喜——
在生活注定给他的日子当中
他不能不爱他的号角；

号角是美的——
它的通身
发着健康的光彩，
它的颈上
结着绯红的流苏。

吹号者从铺散着稻草的地面上起来了，
他不埋怨自己是睡在如此潮湿的泥地上，
他轻捷地绑好了裹腿，
他用冰冷的水洗过了脸，
他看着那些发出困乏的鼾声的同伴，
于是他伸手携去了他的号角；
门外依然是一片黝黑，

黎明没有到来，
那惊醒他的
是他自己对于黎明的
过于殷切的想望。

他走上了山坡，
在那山坡上伫立了很久，
终于他看见这每天都显现的奇迹：
黑夜收敛起她那神秘的帷幔，
群星倦了，一颗颗地散去……
黎明——这时间的新嫁娘啊
乘上有金色轮子的车辆
从天的那边到来……
我们的世界为了迎接她，
已在东方张挂了万丈的曙光……
看，
天地间在举行着最隆重的典礼……

二

现在他开始了，
站在蓝得透明的天穹的下面，
他开始以原野给他的清新的呼吸
吹送到号角里去，

——也夹带着纤细的血丝么？
使号角由于感激
以清新的声响还给原野，
——他以对于丰美的黎明的倾慕
吹起了起身号，
那声响流荡得多么辽远啊……

世界上的一切，
充溢着欢愉
承受了这号角的召唤……

林子醒了
传出一阵阵鸟雀的喧吵，
河流醒了
召引着马群去饮水，
村野醒了
农妇匆忙地从堤岸上走过，
旷场醒了
穿着灰布衣服的人群
从披着晨曦的破屋中出来，
拥挤着又排列着……

于是，他离开了山坡，
又把自己消失到那
无数的灰色的行列中去。

他吹过了吃饭号，
又吹过了集合号，
而当太阳以轰响的光彩
辉煌了整个天穹的时候，
他以催促的热情
吹出了出发号。

三

那道路
是一直伸向永远没有止点的天边去的，
那道路
是以成万人的脚蹂踏着
成千的车轮滚碾着的泥泞铺成的，
那道路
连结着一个村庄又连结一个村庄，
那道路
爬过了一个土坡又爬过一个土坡，
而现在
太阳给那道路镀上了黄金了，
而我们的吹号者
在阳光照着的长长的队伍的最前面，
以行进号
给前进着的步伐

做了优美的拍节……

四

灰色的人群
散布在广阔的原野上，
今日的原野呵，
已用展向无限去的暗绿的苗草
给我们布置成庄严的祭坛了：
听，震耳的巨响
响在天边，
我们呼吸着泥土与草混合着的香味，
却也呼吸着来自远方的烟火的气息，
我们蛰伏在战壕里，
沉默而严肃地期待着一个命令，
像临盆的产妇
痛楚地期待着一个婴儿的诞生，
我们的心胸
从来未曾有像今天这样充溢着爱情，
在时代安排给我们的
——也是自己预定给自己的
生命之终极的日子里，
我们没有一个不是以圣洁的意志
准备着获取在战斗中死去的光荣啊！

五

于是,惨酷的战斗开始了——
无数千万的战士
在闪光的惊觉中跃出了战壕,
广大的,急剧的奔跑
威胁着敌人地向前移动……
在震撼天地的冲杀声里,
在决不回头的一致的步伐里,
在狂流般奔涌着的人群里,
在紧密的连续的爆炸声里,
我们的吹号者
以生命所给与他的鼓舞,
一面奔跑,一面吹出了那
短促的,急迫的,激昂的,
在死亡之前决不中止的冲锋号,
那声音高过了一切,
又比一切都美丽,
正当他由于一种不能闪避的启示
任情地吐出胜利的祝祷的时候,
他被一颗旋转过他的心胸的子弹打中了!
他寂然地倒下去
没有一个人曾看见他倒下去,

他倒在那直到最后一刻
　都深深地爱着的土地上,
然而,他的手
却依然紧紧地握着那号角;

在那号角滑溜的铜皮上,
映出了死者的血
和他的惨白的面容;
也映出了永远奔跑不完的
　带着射击前进的人群,
　和嘶鸣的马匹,
　和隆隆的车辆……
而太阳,太阳
使那号角射出闪闪的光芒……

听啊,
那号角好像依然在响……

一九三九年三月末

低 洼 地

岩石砌上岩石砌上岩石砌成山
山下是杂色的树杂色的树排列成树林
林间是长长的长长的石板铺的路
石板铺的路通过石桥一直伸引到乡间……

没有比林间的低洼地更美的了
幽暗而静寂丰富而深邃野蛮而神秘
无数的枝干张开了茂叶在百尺高的空中
秋天早晨的阳光透过枝叶扯成碎片散在草地上……

没有比林间的低洼地更迷惑了
在草地的边上啃草的马也是幸福的
而当我在草地上走着时坐着时凝思着时
一阵阵地闻到了刚锯开的树木所发出的香气……

没有比林间的低洼地更和谐了

站立在荫影里的临时的工场也是可爱的
而工人们——永远的勤劳者在勤劳着
林间充满了锯木的声音劈斧的声音钉板的声音……

阳光洒下来洒下来洒在木堆上木板上
也洒在拉着锯举着斧推着刨的工人的身上
他们辛勤他们焦黑他们脸上闪着汗光
但他们沉默地没有怨言为了赶造难民居住的新房

马在嘶鸣着人在劳动着铁与木的声音在响着
稀少的行人在石板铺的路上走着又走着
阳光在照着雾在蒸化着香气在喷发着
我在沉思着感激着终于深情地唱出了土地之歌……

一九三九年九月三日　桂林

农　　夫

你们是从土地里钻出来的么？——
脸是土地的颜色
身上发出土地的气息
手像木桩一样粗拙
两脚踏在土地里
像树根一样难于移动啊

你们阴郁如土地
不说话也像土地
你们的愚蠢,固执与不驯服
更像土地呵

你们活着开垦土地,耕犁土地,
死了带着痛苦埋在土地里
也只有你们
才能真正地爱着土地

一九四〇年四月

火　把

一、邀

“唐尼　时候到了
快点吧”

“李茵
你坐下
我梳一梳头
换一换衣
……
你看我的头发
这么乱
　　我的梳子
　　哪儿去了？”

“你的梳子
刚才我看见的
它夹在《静静的顿河》里”
“啊　头发都打了结
以后我不再打篮球了
……今天下午
我沿着那小河回来
看见河边搁着
一个淹死了的伤兵
涨着肚子没有人去理会
……今天我一定要倒霉”

“唐尼　时候到了
快点吧”

“好　你别急
我换一换衣
——这制服又忘了烫
算了吧
反正在晚上
……李茵
你看我又胖了
这衣服真太紧
差点儿要挣破
前年在汉口

我也穿了这制服
参加游行的”

“快点吧　时候到了
别再说话”

“李茵　你真急
我还要擦一擦脸
这油光真讨厌——”

“你跑那边去找什么?
找什么?唐尼!
　　你的粉盒
　　　　压在《大众哲学》上
　　你的口红
　　　　躺在《论新阶段》一起”

“李茵!”

“快点吧　唐尼
七点三刻了”

“好
我穿好鞋子马上跑
到八点集合

来得及”

“我的鞋拔呢?”

“在你哥哥的照相的旁边”

“啊　哥哥
假如你还活着
今晚上
你该多么快活!”

“唐尼
今晚上
你真美丽”

“李茵
你再说我不去了”

“你不去也好
留在家里可以睡觉”

“好了　走吧
妈　你来把门闩上
今晚上
我很迟才回来”

（一个老迈的声音从里面传出）
“尼尼　孩子
今晚上天很黑
别忘了带电筒”

“不要　妈
今晚上
我带火把回来”

二、街上

“今夜的电灯好像
特别亮　你看那街上
这么多人　这么多人！
好像被什么旋风刮出来的
哪儿来的这么多人？
这城市　哪儿来的
这么多人？他们
都到哪儿去？啊　是的
他们也去参加火炬游行……
那些工人　那些女工
那些店员　那些学生
那些壮丁　那些士兵
都来了　都来了

所有的人都来了

我们的校工也来了

我们的号兵也来了

那么多的旗　那么多的标语……

还有那些宣传画　那么大；

红的　白的　黄的　蓝的旗……

领袖们的肖像　被举在空中。

啊　看那边：还要多　还要多

他们跑起来了　都跑起来了，

有的赶不上了　落下了……

你看：那个黄脸的号兵

晃郎着号角气都喘不过来；

那些学生唱起歌来了：

　起来

　不愿做奴隶的人们……

他们跑得多么快啊

他们去远了　去远了……”

“唐尼　时间到了

我们到公共体育场去集合吧

我们赶快

从这小巷赶上去！”

三、会场

“她们都到了　她们都到了
赖英的头上打了一个丝结
她们都到了　大家都到了
何慧芳的眼镜在发亮
大家都到了　连那些小的也来了
刘桃芬　康素琴　李娟
啊　你们都来了　我们迟了
我们迟了　我们是从小巷赶来的
台上的煤气灯
照得这会场像白天
你这制服哪儿做的？
同你的身体很合适
我的是前年在汉口做的
太紧了　小得叫人闷气
今晚倒还凉
　　　　　　毛英华
你的皮鞋擦得好亮
　　　　　　啊
那么多工人　那么多　你们看
每只手像一个木榔头
脸上是煤灰　像从烟囱里出来的

他们都瞪着眼在看什么？他们
都张着嘴在等什么？他们
都一动不动地在想什么？他们
朝我们这边看了　朝我们这边看了
那些眼睛像在发怒地
像在发怒地看着我们
啊　我真怕他们那些眼睛
　　　　　　　　　　这边
这边全是学生　全是
那个胖家伙跌了跤了
你们看:写信给彭菲灵的
就是他
　　　写信给邓健的
也是他
　　听说他的体重有两百零五磅
　　　　　　　　　　　　真可怕
这是什么学校的
蠢样子　个个都那么呆
那个打旗的像要哭出来
他们乱了　前面的踏着后面的脚
我们退后面一点　排好

　　　　　　　　李茵哪儿去了？
你看见李茵在哪里？
啊　看见了

她和那抗宣队的在一起
为什么脸上显得那么忧愁
她又笑了　她来了……

李茵来！
我和你一起！

他们也来了　他也来了
他为什么低着头　像在想着什么？
他也想什么？那么困苦地想什么？

他抬起头了　他在找……
他看见了　但他又把头低下去
他为什么低着头　像在想着什么？

李茵　你在这里等一下
我去看看他

“克明　我和你说几句话
克明　你好么？”

“我很好——
你有什么话
请快点说吧”

"我不是要来和你吵架
我问你：
我写了三封信给你　你为什么不理？"

"唐尼　这几天
我正在忙着筹备今夜的大会
而且你的信
只说你有点头痛
只说讨厌这天气
对于这些事我有什么办法呢
而且我已不止劝过你一次……"

"而且
你正忙于交际呢！"

"什么意思？"

"这只有你自己最清楚"
　　（人们在她和他之间走过
　　　　又用眼睛看看他们的脸）
"明天再好好谈吧
或者——我写一封长信给你
播音筒已在向台前说话"
　　（一个声音在空气中震动）
"开会！"

四、演说

煤油灯从台上
发光　演说的人站在台上
向千万只耳朵发出宣言。
他的嘴张开　声音从那里出来
他的手举起　又握成拳头
他的拳头猛烈地向下一击
嘴里的两个字一齐落下:“打倒!”
他的眼睛在灯光下闪烁
像在搜索他所摹拟的敌人
他的声音慢慢提高
他的感情慢慢激昂
他的心像旷场一样阔宽
他的话像灯光一样发亮
无数的人群站在他的前面
无数的耳朵捕捉他的语言
这是钢的语言　矿石的语言
或许不是语言　是一个
铁锤拼打在铁砧上
也或许是一架发动机
在那儿震响　那声音的波动
在旷场的四周回荡

在这城市的夜空里回荡

这是电的照耀
这是火的煽动
这是煽起火焰的狂风
这是暴怒了的火焰
这是一种太沉重的捶击
每一下都捶在我们的心上

这是一阵雷从空中坠下
这是一阵暴风雨
吹刮过我们所站的旷场
这是一种可怕的预言
这是一种要把世界劈成两半的宣言
这是一种使旧世界流泪忏悔的力量

这不是语言　这是
一架发动机在鸣响
这是一个铁锤击落在铁砧上
这是矿石的声音
这是钢铁的声音
这声音像飓风
它要煽起使黑夜发抖的叛乱
听呵　这悠久而沉洪
喧闹而火烈的

群众的欢呼鼓掌的浪潮……

五、“给我一个火把”

火把从那里出来了
火把一个一个地出来了
数不清的火把从那边来了
美丽的火把
耀眼的火把
热情的火把
金色的火把
炽烈的火把
人们的脸在火光里
显得多么可爱
在这样的火光里
没有一个人的脸不是美丽的
火把愈来愈多了
愈来愈多了　愈来愈多了
火把已排成发光的队伍了
火把已流成红光的河流了
火光已射到我们这里来了
火光已射到我们的脸上了
你们的脸在火光里真美
你们的眼在火光里真亮

你们看我呀我一定也很美
我的眼一定也射出光彩
因为我的血流得很急
因为我的心里充满了欢喜
让我们跟着队伍走去
跟着队伍到那边去
到那火把出来的地方去
到那喷出火光的地方去
快些去　快些去　快去
去要一个火把……
“给我一个火把！”
“给我一个火把！”
“给我一个火把！”
你们看
我这火把
亮得灼眼啊……

这是火的世界……
这是光的世界……

六、火的出发

“火把的烈焰
赶走了黑夜”

把火把举起来

把火把举起来

把火把举起来

每个人都举起火把来

一个火把接着一个火把

无数的火把跟着火把走

慢慢地走整齐地走

一个紧随着一个

每个都把火把

举在自己的前面

让火光照亮我们的脸

照亮我们的

　　昨天是愁苦着

　　今天却狂喜着的脸

照亮我们的

　　每一个都像

　　基督一样严肃的脸

照亮我们的

　　昂起着的胸部

　　——那里面激荡着憎与爱的

　血液

照亮我们的脚

　　即使脚踝流着血

　　也不停止前进的脚

让我们火把的光
照亮我们全体
　　　　　　没有任何的障碍
　　　　　　可以阻拦我们前进的全体
照亮我们这城市
和它的淌流过正直人的血的街
照亮我们的街
和它的两旁被炸弹所摧倒的房屋
照亮我们的房屋
和它的崩坍了的墙
和狼藉着的瓦砾堆
让我们的火把
照亮我们的群众
挤在街旁的数不清的群众
挤在屋檐下的群众
站满了广场的群众
让男的　女的　老的　小的
都以笑着的脸
迎接我们的火把

让我们的火把
叫出所有的人
叫他们到街上来
让今夜
这城市没有一个人留在家里

让所有的人
都来加入我们这火的队伍

让卑怯的灵魂
腐朽的灵魂
发抖在我们火把的前面

让我们的火把
照出懦弱的脸
畏缩的脸

在我们火光的监视下
让犹大抬不起头来

让我们每个都成为帕罗美修斯[①]
从天上取了火逃向人间
让我们的火把的烈焰
把黑夜摇坍下来
把高高的黑夜摇坍下来
把黑夜一块一块地摇坍下来

把火把举起来
把火把举起来

① 现一般译为“普罗米修斯”。——编注

把火把举起来
每个人都举起火把来

七、宣传卡车

那被绳子牵着的
是汉奸
　　　那穿着长袍马褂
戴着瓜皮帽的
是操纵物价的奸商
　　　　那脸上涂了白粉
眉眼下垂　弯着红嘴的
是汪精卫
　　　　那女人似的笑着的
是汪精卫

那个鼻子下有一撮小胡子的
日本军官
　　　　搂着一个
中国农夫的女人
那个女人
像一头被捉住的母羊似的叫着又挣扎着
那军官的嘴
　　　　像饿了的狗看见了肉骨头似的

张开着
那个女人
伸出手给那军官一个巴掌
那个汪精卫
拉上了袖子
用手指指着那女人的鼻子
骂了几句
那个汪精卫
在那军官的前面跪下了
那个汪精卫
花旦似的
向那日本军官哭泣
那日本军官
拍拍他的头又摸摸他的脸
那个汪精卫
女人似的笑了
他起来坐在那军官的腿上
他给那军官摸摸须子
他把一只手环住了那军官的颈
他的另一只手拿了一块粉红色的手帕
他用那手帕给那军官的脸轻轻地抚摸
那军官的脸是被那女人打红了的
那军官就把他抱得紧紧的
那军官向那汪精卫要他手中的手帕
那军官在汪精卫涂了白粉的脸上香了一下

那汪精卫撒着娇
　　　　把那手帕轻轻地在日本军官的前面抖着
那日本军官一手把那手帕抢了去
那手帕上是绣着一个秋海棠叶的图案的
那军官张开血红的嘴
　　　　大笑着　大笑着
那军官从裤袋里摸出几张钞票
给那个汪精卫
那军官拍拍他的脸
又用嘴再在那脸上香了一下

四个中国兵　走拢来　走拢来
用枪瞄准他们
瞄准那个日本军官　瞄准奸商　汉奸
　瞄准汪精卫
在四个兵一起的
　　　　是工人　农人　学生
他们一齐拥上去
　　　　把那些东西扭打在地上
连那个女人都伸出了拳头
那个农夫又给那个跪着求饶的汪精卫猛烈的一脚
那个学生向着街旁的群众举起了播音筒
“各位亲爱的同胞！我们抗战已经三年！
敌人愈打愈弱　我们愈打愈强
只要大家能坚持抗战！坚持团结！

反对妥协　肃清汉奸
动员民众　武装民众
最后的胜利一定属于我们!”

八、队伍

这队伍多么长啊　多么长
好像把这城市的所有的人都排列在里面
不　好像还要多　还要多
好像四面八方的人都已从远处赶来
好像云南　贵州　热河　察哈尔的都已赶来
好像东三省　蒙古　新疆　绥远的都已赶来
好像他们都约好今夜在这街上聚会
一起来排成队　看排起来有多么长
一起来呼喊　看叫起来有多么响
我们整齐地走着　整齐地喊
每人一个火把　举在自己的前面
融融的火光啊　一直冲到天上
把全世界的仇恨都燃烧起来
我们是火的队伍
我们是光的队伍

软弱的滚开　卑怯的滚开
让出路　让我们中国人走来

昏睡的滚开　打呵欠的滚开
当心我们的脚踏上你们的背
滚开去——垂死者　苍白者
当心你们的耳膜　不要让它们震破
我们来了　举着火把　高呼着
用霹雳的巨响　惊醒沉睡的世界

我们是火的队伍
我们是光的队伍

人愈走愈多　队伍愈排愈长
声音愈叫愈响　火把愈烧愈亮
我们的脚踏过了每一条街每一条巷
我们用火光搜索黑暗
把阴影驱赶
卫护我们前进

我们是火的队伍
我们是光的队伍

这队伍多么长啊　多么长
好像全中国的人都已排列在里面
我们走过了一条街又一条街
我们叫喊一阵又歌唱一阵
我们的声音和火光惊醒了一切

黑夜从这里逃遁了
哭泣在遥远的荒原

九、来

你们都来吧
你们都来参加
不论站在街旁
还是站在屋檐下

你们都来吧
你们都来参加
女人们也来
抱着小孩的也来

大家一起来
一起来参加
来喊口号　来游行
来举起火把

来喊口号　来游行
来举起融融的火把
把我们的愤怒叫出来
把我们的仇恨烧起来

十、散队

我们已走遍了这城市的东南西北
我们已走遍了这城市的大街小巷
“李茵　我们已到这么远的地方。
现在我们得回去　队伍散了……
但是　你看　那些人仍旧在呼唱
他们都已在兴奋里变得癫狂
每个人都激动了　全身的血在沸腾
李茵　刚才火把照着你狂叫着的嘴
我真害怕　好像这世界马上要爆开似的
好像一切都将摧毁　连摧毁者自己也摧毁”

“唐尼　你看见的么　我真激动
好像全身的郁气都借这呼叫舒出了
唐尼　你的脸　也很异样
告诉我　唐尼
当那洪流般的火把摆荡的时候
你曾想起了什么？看见了什么？”

“李茵　那真是一种奇迹——
当我看见那火把的洪流摆荡的时候
的确曾想起了一种东西

看见了一种东西
一种完全新的东西
我所陌生的东西……”

十一、他不在家

“真的　李茵
你见到克明么
在那些走在前面的队伍里
你见到克明么
那些学生没有一刻是安静的
他们把口号叫得那么响
又把火把举得那么高
他们每个都那么高大　那么粗野
好像要把这长街
当作他们的运动场
火把照出他们的汗光
我真怕他们
他们好像已沿着这城墙走远……
但是　李茵
当队伍散开的时候
你见到克明么”

“他一定从那石桥回去了

这里离他住的地方
不是只要转一个弯么
我陪你去看他”

一〇三
一〇五
一〇七号——到了

“打门吧
（TA！TA！TA！）
他不在家”

十二、一个声音在心里响

“你在哪里？你在哪里？
这么大的地方哪儿去找你呢？
这么多的人怎能看到你呢？
这么杂乱的声音怎能叫你呢？

我举着火把来找你
你在哪里？你在哪里？
今夜多么美　你在哪里？
你在哪里？我的脸发烫
我的心发抖　你在哪里？

我举着火把来找你

你在哪里？你在哪里？
这么多人没有一个是你
这么多火把过去都没有你
这么多火光照着的脸都不是你

我举着火把来找你

我要看见你！我要看见你！
我要在火光里看见你……
我要用手指抚摸你的脸　你的发
我的这手指不能抚摸你一次么？

我举着火把来找你
无论如何　我要看见你啊
我要见你　听你一句话
只一句话：‘爱与不爱，
你在哪里？你在哪里？”

十三、那是谁

“唐尼　他来了
从十字街口那边转弯

来了。克明来了
你看　前额上闪着汗光
他举着火把走来了……”

“那是谁？那是谁？
和他一起走来的
那是谁？那穿了草绿色的裙装的
女子是谁？那头发短得像马鬃的
女子是谁？那大声地说着话的
又大声地笑着的女子是谁？
那走路时摇摆着身体的
女子是谁？那高高地挺起胸部的
女子是谁？

她在做什么？做什么？
她指手画脚地在做什么？
她在说什么？说什么？
她在和他大声地说着什么？
她在说什么？还是在辩论什么？
你听　她在说什么？那么响：

　　‘目前——我们的
　　工作——开展……
　　主观上的弱点——
　　正在克服……

　　目前——我们
　　激烈地批判——
　　残留着的
　　小资产阶级的
　　劣根性……
　　以及——妨碍工作的
　　恋爱……
　　受到了无情的
　　打击！
　　目前——我们的
　　工作——开展……’
他们走近来了……
他们走近来了……李茵——
我们——”

“唐尼　让我
向他们打招呼……”

“不要！
李茵　我头昏
我们从这小巷回去吧”

今夜　你们知道
谁的火把
最先熄灭了

又从那无力的手中
滑下?

十四、劝一

“唐尼　我在火光里
看见了你的眼泪
唐尼　这样的夜
你不感到兴奋么　唐尼
唐尼　你不应该
在大家都笑着的时候哭泣
唐尼　爱情并不能医治我们
却只有斗争才把我们救起　唐尼
你应该记起你的哥哥
才五六年　你应该能够记起
唐尼　不要太渴求幸福
当大家都痛苦的时候
个人的幸福是一种耻辱　唐尼
唐尼　只要我们眼睛一睁开
就看见血肉模糊的一团……
假如你还有热情　还有人性
你难道忍心一个人去享乐?
我们有太多的事情要做
你怎么应该哭　唐尼

你要尊敬你的哥哥
为了他而敛起眼泪
唐尼　你是他的妹妹
如你都忘了他
谁还能记得他呢
唐尼　坐下来
在这河边坐下来
让我好好和你说……”

“李茵
请把你的火把
吹熄吧”

“好的——
我有火柴
随时可以点着它”

“这样
倒舒服些……”

十五、劝二

“我还有好些事要告诉你……”
——《圣经·新约·约翰福音》十六章十二节

“唐尼　现在让我告诉你
我也是哭泣过的　两年前
我曾爱过一个军官
我们一起过了美满的一个月
但他却把我玩了又抛掉了
我曾哭过一个星期
你知道　我是一个人
从沦陷了的家乡跑出来的

（几个人举着火把
　　从她们前面过去……）

“认识我的人们
在我幸福时
他们妒忌我
在我不幸时
他们嘲笑我
假如我没有勇气抵抗那些
冷酷的眼和恶毒的嘴
我早已自杀了

“但我很快就把心冷静下来
——我不怨他　我们这年头
谁能怨谁呢　我只是
拼命看书——我给你的那些书

都是那时买的。我变得很快
我很快就胖起来。完全像两个人
心里很愉快。我发现自己身上
好像有一种无穷的力。我非常
渴望工作。我热爱人生——

（几个人举着火把过去）

“生命应该是永远发出力量的机器
应该是一个从不停止前进的轮子
人生应该是
一种把自己贡献给群体的努力
一种个人与全体取得
调协的努力
……我们应该宝贵生命
不要把生命荒废

（几个人举着火把
从她们前面过去……）

“我很乐观　因为感伤并不能
把我们的命运改变　唐尼
我工作得很紧张。
我参加了一个团体——
唱歌　演戏　上街贴标语

给伤兵换药　给难民写信
打扫轰炸后的街　缝慰劳袋
我们的团体到过前线
我看见过血流成的小溪
看见过士兵的尸体堆成的小山
我知道了什么叫作‘不幸’
足足有一年　我们
在轰炸　突围　夜行军中度过
我生过疥疮　生过疟疾　生过轮癣
我淋过雨　饿过肚子　在湿地上睡眠
但我无论如何苦都觉得快乐
同志们对我很好　我才知道
世界上有比家属更高的感情

“那团体已被解散了　如今
大家都分散在不同的地方
唐尼　我正在打听他们的消息
我想挨过这学期——啊　那旅馆的
电灯一盏盏地熄了……
唐尼　请你记住这句话：
……
只有反抗才是我们的真理
唐尼　克明现在不是很努力么
一个人变坏容易变好难
你如果真的爱他　难道

应该去阻碍他么？

唐尼

你是不是真的欢喜他呢？

你欢喜他那样的白脸么？……”

十六、忏悔一

“不要谈起这些吧……

李茵　你的话我懂得。

我感谢你——没有人

曾像你这样帮助过我

李茵　我会好起来的

（几个人　举着火把

从她们前面过去……）

“本来　一个商人的女儿

会有什么希望呢？

而且我是在鸦片烟床上

长大的　五年前

我的父亲就要把我许给

一个经理的儿子　那时

我的哥哥刚死了半年。

我只知道哭　母亲和他吵，

过了几个月　他也死了。
他两个死了后
我家里就不再有快乐了。

“前年九月底　我和母亲
从汉口出来　在难民船上
认识了克明　他很殷勤
……不要说起这些吧
这都是我太年轻……
这都是我太安闲……
李茵　年轻人的敌人是
幻想——它用虹一样的光彩
和皂泡一样的虚幻来迷惑你
我就是这样被迷惑的一个……

（几个人　举着火把
从她们前面过去……）

“李茵　这一夜
我懂得这许多
这一夜　我好像很清醒
我看见了许多　我更看见了
我自己——这是我从来都不曾看见过的

“我来在世界上已经十九个春天

这些年　每到春天　我便
常常流泪　我不知我自己
是怎么会到世界上来的
今天以前　我看这世界
随时都好像要翻过来
什么都好像要突然没有了似的
一个日子带给我一次悸动
生活是一张空虚的网
张开着要把我捕捉
所以我渴求着一种友谊
我将为它而感激一生……
我把它看作一辆车子
使我平安地走过
生命的长途
我知道我是错了……”

（几个人　举着火把
唱着歌
从她们前面过去……）

“唐尼　不要太信任‘友谊’二个字
而且　你说的‘友谊’也不会在恋爱中得到
不要把恋爱看得太神秘
现代的恋爱
女子把男子看作肉体的顾客

男子把女子看作欢乐的商店
现代的恋爱
是一个异性占有的遁词
是一个‘色情’的同义语”

十七、忏悔二

“李茵
这世界太可怕了——
完全像屠场!
贪婪和自私
统治这世界
直到何时呢?”

“唐尼
人类会有光明的一天
‘一切都将改变’
那日子已在不远
只要我们有勇气走上去
你的哥哥就是我们的先驱……”

“我的哥哥是那么勇敢
他以自己的信仰决定一切
离开了家　在北方流浪

好几年都没有消息
连被捕时也没有信给家里
他是死在牢狱里的……

“而我
我太软弱了

（十几个人　每人举着火把
粗暴地唱着歌
从她们的前面过去……）

“这时代
不容许软弱的存在
这时代
需要的是坚强
需要的是铁和钢
而我——可怜的唐尼
除了天真与纯洁
还有什么呢？

“我的存在
像一株草
我从来不敢把‘希望’
压在自己的身上

“这时代
像一阵暴风雨
我在窗口
看着它就发抖
这时代
伟大得像一座高山
而我以为我的脚
和我的胆量
是不能越过它的

“但是　李茵　我的好朋友
我会好起来
李茵
你是我的火把
我的光明
——这阴暗的角落
除了你
从没有人来照射
李茵　我发誓
经了这一夜　我会坚强起来的

“李茵
假如我还有眼泪
让我为了忏悔和羞耻
而流光它吧

"李茵
——我怎么应该堕落呢
假如我不能变好起来
我愿意你用鞭子来打我
用石头来钉我!"

"唐尼
天真是没有罪过的。
我们认识虽只半年
但我却比你自己更多地了解你
我看见了'危险'
已隐伏在你的前面。
它已向你打开黑暗的门
欢迎你进去
不　从你身上我看见了我自己
看见了全中国的姊妹
——我背几句诗给你:

'命运有三条艰苦的道路
第一条　同奴隶结婚
第二条　做奴隶儿子的母亲
第三条　直到死做个奴隶
所有这些严酷的命运
罩住俄罗斯土地上的女人'

“我们是中国的女人
比俄国的更不如
我们从来没有勇气
改变我们自己的命运
难道我们永远不要改变么?
自己不改变　谁来给我们改变呢?

(在黑暗的深处
有几个女人过去
她们的歌声
撕裂了黑夜的苍穹:

‘感受不自由莫大痛苦
你光荣的生命牺牲
在我们坚苦的斗争中
英勇地抛弃了头颅……’)

“这一定是演剧队的那些女演员……
这声音真美……
唐尼　时候不早
我们该回去了”

“好　李茵
今晚我真清醒
今晚我真高兴。

明天起　我要
把高尔基的《母亲》先看完”

“等一等　唐尼
让我把火把点起
……
明天会”

（唐尼举着火把很快地走
突然　她回过头来悠远地叫着）

“李茵
要不要我陪你回去？”
“不要——
有了火把
我不怕”
“好　那么再见
这火把给你。”

“那么……你自己呢？”

“我是走惯了黑路的——
谢谢你这火把……”

十八、尾声

“妈!
(TA! TA! TA!)
开门吧”
(TA! TA! TA!)
“妈!
开门吧”

“妈!
开门吧”
(TA! TA! TA!)

“孩子
等一下
让我点了灯
天黑得很……”

“妈　你快呀
我带着火把来了”

“孩子
这火把真亮”

“妈　你拿着它
我来关门
你把火把
插在哥哥照相的前面”

（母亲上床　唐尼
呆呆地望着火把
慢慢地　她看定了
那死了五年的青年的照片）

“哥哥　今夜
你会欢喜吧
你的妹妹已带回了火把
这火把不是用油点燃起来的
这火把　是她
用眼泪点燃起来的……”

“孩子
这火把真亮
照得房子都通红了
你打嚏了——孩子冷了
怎么你的眼皮肿
——哭了？”

“没有。

今晚我很高兴
只是火把的光
灼得我难受……”
“孩子　别哭了
来睡吧
天快要亮了”

一九四〇年五月一日—四日

刈草的孩子

夕阳把草原燃成通红了。
刈草的孩子无声地刈草,
低着头,弯曲着身子,忙乱着手,
从这一边慢慢地移到那一边……

草已遮没他小小的身子了——
在草丛里我们只看见:
一只盛草的竹篓,几堆草
和在夕阳里闪着金光的镰刀……

一九四〇年

老　　人

在长长的瓜棚的旁边
伸引着一条长长的泥地
一个驼背的老人翻掘着泥土
想在那儿播撒新的种子

他是这样困苦地工作着
他的背耸得比他的头还高了
他翻掘一阵又检理一阵
把野草和石块都掷弃在两边

他的衣服像黑泥一样乌暗
他的皮肤像黄土一样灰黄
阳光从高空照着他的脸
脸上是树皮似的繁杂的皱纹

他举着锄用力地继续翻掘

汗已从他的前额流到他的颚边
微风吹过时他轻轻地咳了几声
明朗的阳光映出他阴郁的脸

一九四〇年八月十七日

荒　　凉

那边的山上没有树
那边的地上没有草
那边的河里没有水
那边的人没有眼泪

一九四〇年八月二十九日

给 太 阳

早晨，我从睡眠中醒来，
看见你的光辉就高兴；
——虽然昨夜我还是困倦，
而且被无数的噩梦纠缠。

你新鲜，温柔，明洁的光辉，
照在我久未打开的窗上，
把窗纸敷上浅黄如花粉的颜色，
嵌在浅蓝而整齐的格影里。

我心里充满感激，从床上起来，
打开已关了一个冬季的窗门，
让你把金丝织的明丽的台巾，
铺展在我临窗的桌子上。

于是，我惊喜地看见你；

这样的真实，不容许怀疑，
你站立在对面的山巅，
而且笑得那么明朗——
我用力睁开眼睛看你，
渴望能捕捉你的形象——
多么强烈！多么恍惚！多么庄严
你的光芒刺痛我的瞳孔。

太阳啊，你这不朽的哲人，
你把快乐带给人间，
即使最不幸的看见你，
也在心里感受你的安慰。

你是时间的锻冶工，
美好的生活的镀金匠；
你把日子铸成无数金轮，
飞旋在古老的荒原上……

假如没有你，太阳，
一切生命将匍匐在阴暗里，
即使有翅膀，也只能像蝙蝠
在永恒的黑夜里飞翔。

我爱你像人们爱他们的母亲，
你用光热哺育我的观念和思想——

使我热情地生活,为理想而痛苦,
直到我的生命被死亡带走。

经历了寂寞漫长的冬季,
今天,我想到山巅上去,
解散我的衣服,赤裸着,
在你的光辉里沐浴我的灵魂……

黎明的通知

为了我的祈愿
诗人啊,你起来吧

而且请你告诉他们
说他们所等待的已经要来

说我已踏着露水而来
已借着最后一颗星的照引而来

我从东方来
从汹涌着波涛的海上来

我将带光明给世界
又将带温暖给人类

借你正直人的嘴

请带去我的消息

通知眼睛被渴望所灼痛的人类
和远方的沉浸在苦难里的城市和村庄

请他们来欢迎我——
白日的先驱,光明的使者

打开所有的窗子来欢迎
打开所有的门来欢迎

请鸣响汽笛来欢迎
请吹起号角来欢迎

请清道夫来打扫街衢
请搬运车来搬去垃圾

让劳动者以宽阔的步伐走在街上吧
让车辆以辉煌的行列从广场流过吧

请村庄也从潮湿的雾里醒来
为了欢迎我打开它们的篱笆

请村妇打开她们的鸡埘
请农夫从畜棚牵出耕牛

借你的热情的嘴通知他们
说我从山的那边来,从森林的那边来

请他们打扫干净那些晒场
和那些永远污秽的天井

请打开那糊有花纸的窗子
请打开那贴着春联的门

请叫醒殷勤的女人
和那打着鼾声的男子

请年轻的情人也起来
和那些贪睡的少女

请叫醒困倦的母亲
和她身旁的婴孩

请叫醒每个人
连那些病者与产妇

连那些衰老的人们
呻吟在床上的人们

连那些因正义而战争的负伤者

和那些因家乡沦亡而流离的难民

请叫醒一切的不幸者
我会一并给他们以慰安

请叫醒一切爱生活的人
工人,技师以及画家

请歌唱者唱着歌来欢迎
用草与露水所掺合的声音

请舞蹈者跳着舞来欢迎
披上她们白雾的晨衣

请叫那些健康而美丽的醒来
说我马上要来叩打她们的窗门

请你忠实于时间的诗人
带给人类以慰安的消息

请他们准备欢迎,请所有的人准备欢迎
当雄鸡最后一次鸣叫的时候我就到来

请他们用虔诚的眼睛凝视天边

我将给所有期待我的以最慈惠的光辉

趁这夜已快完了，请告诉他们
说他们所等待的就要来了

野　　火

在这些黑夜里燃烧起来
在这些高高的山巅上
伸出你的光焰的手
去抚扪夜的宽阔的胸脯
去抚扪深蓝的冰凉的胸脯
从你的最高处跳动着的尖顶
把你的火星飞飏起来
让它们像群仙似的飘落在
那些莫测的黑暗而又冰冷的深谷
去照见那些沉睡的灵魂
让它们即使在缥缈的梦中
也能得到一次狂欢的舞蹈

在这些黑夜里燃烧起来
更高些！更高些！
让你的欢乐的形体

从地面升向高空
使我们这困倦的世界
因了你的火光的鼓舞
苏醒起来！喧腾起来！
让这黑夜里的一切的眼
都在看望着你
让这黑夜里的一切的心
都因了你的召唤而震荡
欢笑的火焰呵
颤动的火焰呵

听呀从什么深邃的角落
传来了那赞颂你的瀑布似的歌声……

一九四二年　陕北

下雪的早晨

雪下着,下着,没有声音,
雪下着,下着,一刻不停。
洁白的雪,盖满了院子,
洁白的雪,盖满了屋顶,
整个世界多么静,多么静。

看着雪花在飘飞,
我想得很远,很远。
想起夏天的树林,
树林里的早晨,
到处都是露水,
太阳刚刚上升,
一个小孩,赤着脚,
从晨光里走来,
他的脸像一朵鲜花,

他的嘴发出低低的歌声，
他的小手拿着一根竹竿，
他仰起小小的头，
那双发亮的眼睛，
透过浓密的树叶
在寻找知了的声音……

他的另一只小手，
提了一串绿色的东西
——一根很长的狗尾草，
结了蚂蚱、金甲虫和蜻蜓，
这一切啊，
我都记得很清。

我们很久没有到树林里去了，
那儿早已铺满了落叶，
也不会有什么人影；
但我一直都记着那小孩子，
和他的很轻很轻的歌声。
此刻，他不知在哪间小屋里。

看着不停地飘飞着的雪花，
或许想到树林里去抛雪球，
或许想到湖上去滑冰，

他决不会知道，

有一个人想着他，

就在这个下雪的早晨。

一九五六年十一月十七日

鱼化石

动作多么活泼，
精力多么旺盛，
在浪花里跳跃，
在大海里浮沉；

不幸遇到火山爆发，
也可能是地震，
你失去了自由，
被埋进了灰尘；

过了多少亿年，
地质勘探队员，
在岩层里发现你，
依然栩栩如生。

但你是沉默的，

连叹息也没有，
鳞和鳍都完整，
却不能动弹；

你绝对的静止，
对外界毫无反应，
看不见天和水，
听不见浪花的声音。

凝视着一片化石，
傻瓜也得到教训：
离开了运动，
就没有生命。

活着就要斗争，
在斗争中前进，
即使死亡，
能量也要发挥干净。

镜　　子

仅只是一个平面
却又是深不可测

它最爱真实
决不隐瞒缺点

它忠于寻找它的人
谁都从它发现自己

或是醉后酡颜
或是鬓如霜雪

有人喜欢它
因为自己美

有人躲避它

因为它直率

甚至会有人
恨不得把它打碎

光的赞歌

一

每个人的一生
不论聪明还是愚蠢
不论幸福还是不幸
只要他一离开母体
就睁着眼睛追求光明

世界要是没有光
等于人没有眼睛
航海的没有罗盘
打枪的没有准星
不知道路边有毒蛇
不知道前面有陷阱

世界要是没有光
也就没有杨花飞絮的春天
也就没有百花争妍的夏天
也就没有金果满园的秋天
也就没有大雪纷飞的冬天

世界要是没有光
看不见奔腾不息的江河
看不见连绵千里的森林
看不见容易激动的大海
看不见像老人似的雪山
要是我们什么也看不见
我们对世界还有什么留念

二

只是因为有了光
我们的大千世界
才显得绚丽多彩
人间也显得可爱

光给我们以智慧
光给我们以想象
光给我们以热情

创造出不朽的形象

那些殿堂多么雄伟
里面更是金碧辉煌
那些感人肺腑的诗篇
谁读了能不热泪盈眶

那些最高明的雕刻家
使冰冷的大理石有了体温
那些最出色的画家
描出色授魂与的眼睛

比风更轻的舞蹈
珍珠般圆润的歌声
火的热情、水晶的坚贞
艺术离开光就没有生命

山野的篝火是美的
港湾的灯塔是美的
夏夜的繁星是美的
庆祝胜利的焰火是美的
一切的美都和光在一起

三

这是多么奇妙的物质
没有重量而色如黄金
它可望而不可即
漫游世界而无体形
具有睿智而谦卑
它与美相依为命

诞生于撞击和磨擦
来源于燃烧和消亡的过程
来源于火、来源于电
来源于永远燃烧的太阳

太阳啊,我们最大的光源
它从亿万万里以外的高空
向我们居住的地方输送热量
使我们这里滋长了万物
万物都对它表示景仰
因为它是永不消失的光

真是不可捉摸的物质——
不是固体、不是液体、不是气体

来无踪、去无影、浩渺无边
从不喧嚣、随遇而安
有力量而不剑拔弩张
它是无声的威严

它是伟大的存在
它因富足而能慷慨
胸怀坦荡、性格开朗
只知放射、不求报偿
大公无私、照耀四方

四

但是有人害怕光
有人对光满怀仇恨
因为光所发出的针芒
刺痛了他们自私的眼睛

历史上的所有暴君
各个朝代的奸臣
一切贪婪无厌的人
为了偷窃财富、垄断财富
千方百计想把光监禁
因为光能使人觉醒

凡是压迫人的人
都希望别人无能
无能到了不敢吭声
让他们把自己当作神明

凡是剥削人的人
都希望别人愚蠢
愚蠢到了不会计算
一加一等于几也闹不清

他们要的是奴隶
是会说话的工具
他们只要驯服的牲口
他们害怕有意志的人

他们想把火扑灭
在无边的黑暗里
在岩石所砌的城堡里
永远维持血腥的统治

他们占有权力的宝座
一手是勋章、一手是皮鞭
一边是金钱、一边是锁链
进行着可耻的政治交易
完了就举行妖魔的舞会

和血淋淋的人肉的欢宴

回顾人类的历史
曾经有多少年代
沉浸在苦难的深渊
黑暗凝固得像花岗岩
然而人间也有多少勇士
用头颅去撞开地狱的铁门

光荣属于奋不顾身的人
光荣属于前赴后继的人

暴风雨中的雷声特别响
乌云深处的闪电特别亮
只有通过漫长的黑夜
才能喷涌出火红的太阳

五

愚昧就是黑暗
智慧就是光明
人类从愚昧中过来
那最先去盗取火的人
是最早出现的英雄

他不怕守火的鹫鹰
要啄掉他的眼睛
他也不怕天帝的愤怒
和轰击他的雷霆
于是光不再被垄断
从此光流传到人间

我们告别了刀耕火种
蒸汽机带来了工业革命
从核物理诞生了原子弹
如今像放鸽子似的
放出了地球卫星……
光把我们带进了一个
　　光怪陆离的世界：
X光，照见了动物的内脏
激光，刺穿优质钢板
光学望远镜，追踪星际物质
电子计算机
　　把我们推向了二十一世纪

然而，比一切都更宝贵的
是我们自己的锐利的目光
是我们先哲的智慧的光
这种光洞察一切、预见一切
可以透过肉体的躯壳

看见人的灵魂

看见一切事物的底蕴
一切事物内在的规律
一切运动中的变化
一切变化中的运动
一切的成长和消亡
就连静静的喜马拉雅山
也在缓慢地继续上升

认识没有地平线
地平线只能存在于停止前进的地方
而认识却永无止境
人类在追踪客观世界中
留下了自己的脚印

实践是认识的阶梯
科学沿着实践前进
在前进的道路上
要砸开一层层的封锁
要挣断一条条的铁链
真理只能从实践中得以永生

六

光从不可估量的高空
俯视着人类历史的长河
我们从周口店到天安门
像滚滚的波涛在翻腾
不知穿过了多少的险滩和暗礁
我们乘坐的是永不沉没的船
从天际投下的光始终照引着我们……

我们从千万次的蒙蔽中觉醒
我们从千万种的愚弄中学得了聪明
统一中有矛盾、前进中有逆转
运动中有阻力、革命中有背叛

甚至光中也有暗
甚至暗中也有光
不少丑恶与无耻
隐藏在光的下面
毒蛇、老鼠、臭虫、蝎子
和许多种类的粉蝶——
她们都是孵化害虫的母亲
我们生活着随时都要警惕

看不见的敌人在窥伺着我们
然而我们的信念
像光一样坚强——
经过了多少浩劫之后
穿过了漫长的黑夜
人类的前途无限光明、永远光明

七

每一个人都是一个生命
人世银河星云中的一粒微尘
每一粒微尘都有自己的能量
无数的微尘汇集成一片光明
每一个人既是独立的
而又互相照耀
在互相照耀中不停地运转
和地球一同在太空中运转
我们在运转中燃烧
我们的生命就是燃烧
我们在自己的时代
应该像节日的焰火
带着欢呼射向高空
然后迸发出璀璨的光

即使我们是一支蜡烛
也应该“蜡炬成灰泪始干”
即使我们只是一根火柴
也要在关键时刻有一次闪耀
即使我们死后尸骨都腐烂了
也要变成磷火在荒野中燃烧

八

作为一个微不足道的人
天文学数字中的一粒微尘
即使生命像露水一样短暂
即使是恒河岸边的一粒细沙
也能反映出比本身更大的光
我也曾经用嘶哑的喉咙歌唱
在不自由的岁月里我歌唱自由
我是被压迫的民族,我歌唱解放
在这个茫茫的世界上
为被凌辱的人们歌唱
为受欺压的人们歌唱
我歌唱抗争,歌唱革命
在黑夜把希望寄托给黎明
在胜利的欢欣中歌唱太阳

我是大火中的一点火星
趁生命之火没有熄灭
我投入火的队伍、光的队伍
把“一”和“无数”融合在一起
为真理而斗争
和在斗争中前进的人民一同前进
我永远歌颂光明
光明是属于人民的
未来是属于人民的
任何财富都是人民的
和光在一起前进
和光在一起胜利
胜利是属于人民的
和人民在一起所向无敌

九

我们的祖先是光荣的
他们为我们开辟了道路
沿途留下了深深的足迹
每一足迹里都有血迹

现在我们正开始新的长征
这个长征不只是二万五千里的路程

我们要逾越的也不只是十万大山
我们要攀登的也不只是千里岷山
我们要夺取的也不只是金沙江、大渡河
我们要抢渡的是更多更险的渡口
我们在攀登中将要遇到
　更大的风雪、更多的冰川……

但是光在召唤我们前进
光在鼓舞我们、激励我们
光给我们送来了新时代的黎明
我们的人民从四面八方高歌猛进

让信心和勇敢伴随着我们
武装我们的是最美好的理想
我们是和最先进的阶级在一起
我们的心胸燃烧着希望
我们前进的道路铺满阳光

让我们的每个日子
　都像飞轮似的旋转起来
让我们的生命发出最大的能量
让我们像从地核里释放出来似的
　　极大地撑开光的翅膀
　　在无限广阔的宇宙中飞翔

让我们以最高的速度飞翔吧
让我们以大无畏的精神飞翔吧
让我们从今天出发飞向明天
让我们把每个日子都当作新的起点

或许有一天,总有一天
我们这个古老的民族
我们最勇敢的阶级
将接受光的邀请
去叩开千万重紧闭的大门
访问我们所有的芳邻

让我们从地球出发
飞向太阳……

一九七八年八月—十二月

绿

好像绿色的墨水瓶倒翻了
到处是绿的……

到哪儿去找这么多的绿：
墨绿、浅绿、嫩绿、
翠绿、淡绿、粉绿……
绿得发黑、绿得出奇；

刮的风是绿的，
下的雨是绿的，
流的水是绿的，
阳光也是绿的；

所有的绿集中起来，
挤在一起，
重叠在一起，

静静地交叉在一起。

突然一阵风，
好像舞蹈教练在指挥，
所有的绿就整齐地
　按着节拍飘动在一起……

一九七九年二月二十三日　广东迎宾馆

沉　思

为什么……
为什么……

我的头靠着车窗
看着窗外闪过的景色
随着列车前进
脑子里老想着为什么

土地是肥沃的
人是勤劳的
天在下小雨
人还在地里

山和山连绵不断
满山披盖着树木
河水在山谷里奔流

人们安静地等在渡口

放筏的顺流而下
迎着风浪也毫不慌张

看不见沙漠
看不见荒地
绿色的山河
绿色的海洋

土壤是红色的——
掺和着祖先的血？
祖国啊，没有一片土地
不曾经过浴血的战斗

正因为有过痛苦
到处的景色显得格外美——
成片的松树林、
黄的油菜花、绿的茶

一切都静静的
天在下着细雨
从珠江到长江
整个江南在下着细雨

看来今年要丰收
日子可能过得好一些
看来人和大地有了默契
自然和人谁也不辜负谁

土地爱人
人也爱土地

但,我为什么这样不安
人民啊,请告诉我
你还需要什么?
大地啊,请告诉我
你还需要什么?

为什么……
为什么……
我的心还是这般忧郁?

一九七九年三月十七日　沪穗线上

失去的岁月

不像丢失的包袱
可以到失物招领处找得回来，
失去的岁月
甚至不知丢失在什么地方——
有的是零零星星地消失的，
有的丢失了十年二十年，
有的丢失在喧闹的城市，
有的丢失在遥远的荒原，
有的是人潮汹涌的车站，
有的是冷冷清清的小油灯下面；
丢失了的不像是纸片，可以捡起来，
倒更像一碗水泼到地面
被晒干了，看不到一点影子；
时间是流动的液体——
用筛子，用网，都打捞不起；
时间不可能变成固体，

要成了化石就好了，
即使几万年也能在岩层里找见。
时间也像是气体，
像急驰的列车头上冒出的烟！
失去了的岁月好像一个朋友，
断掉了联系，经受了一些苦难，
忽然得到了消息：说他
早已离开了人间

一九七九年八月二十二日　哈尔滨

路

我们都是走在路上的人
我们都在追赶着时间
这个时代是属于我们的
我们走的崎岖不平的路
我们选定了要走这条路
这是唯一通向天国的路
我们都是神话里的人
我们都是创造奇迹的人
路在我们前进中伸延
引导的是不灭的火焰

附录一

艾青《诗论》

出　发

一

真、善、美,是统一在先进人类共同意志里的三种表现,诗必须是它们之间最好的联系。

二

真是我们对于世界的认识;它给予我们对于未来的信赖。

善是社会的功利性;善的批判以人民的利益为准则。

没有离开特定范畴的人性的美;美是依附在先进人类向上的生活的外形。

三

我们的诗神是驾着纯金的三轮马车,在生活的旷野上驰骋的。

那三个轮子，闪射着同等的光芒，以同样庄严的隆隆声震响着的，就是真、善、美。

诗

一

凡是能够促使人类向上发展的，都是美的，都是善的，也都是诗的。

二

哲学抽象地思考着世界；诗则是具体地表现着世界——目的都是为了改造世界。

三

诗是由诗人对外界所引起的感觉，注入了思想感情，而凝结为形象，终于被表现出来的一种“完成”的艺术。

四

诗是诗人的世界观的最具体的表现；是诗人的创作方法的实践；是诗人的全般的知识的综合。

五

一首诗不仅使人从那里感触了它所包含的，同时还可以由它而想起一些更深更远的东西。

六

一首诗必须把真、善、美如此和洽地融合在一起，如此自然地调协在一起，它们三者不相抵触而又互相因使自己提高而提高了另外的二种——以至于完全。

七

存在于诗里的美，是通过诗人的情感所表达出来的、人类向上精神的一种闪灼。这种闪灼犹如飞溅在黑暗里的一些火花，也犹如用凿与斧打击在岩石上所迸射的火花。

八

诗是人类向未来所寄发的信息；诗给人类以朝向理想的勇气。

九

人类的语言不绝灭，诗不绝灭。

诗的精神

一

今天的诗应该是民主精神的大胆的迈进。

二

诗的前途和民主政治的前途结合在一起。

诗的繁荣基础在民主政治的巩固上,民主政治的溃败就是诗的无望与衰退。

三

如正义的指挥刀之能组织人民的步伐,诗人的笔必须为人民精神的坚固与一致而努力。

四

诗人的行动的意义,在于把人群的愿望与意欲以及要求,化为语言。

五

诗的宣传功能,在于引起人的心理分化与重新凝结;使人对于旧世界的厌恶成了习惯,和对于新世界的企望成了勇气。

六

最高的理论和宣言,常常是诗篇。

那些伟大的政治家的言论,常常为人民的权利,自然地迸发出正义的诗的语言。

七

诗人当然也渴求着一种宪法,即国家能在保障人民的面包与幸福之外，能保障艺术不受摧残。

八

宪法对于诗人比其他的人意义更为重要，因为只有保障了发言的权利，才能传达出人群的意欲与愿望；一切的进步才会可能。

压制人民的言论，是一些暴力中最残酷的暴力。

九

诗人主要的是要为了他的政治思想和生活感情，寻求形象。

十

政治诗是诗人对一个事件的宣言；是诗人企图煽起更多的人去理解那事件的一种号召；是一种对于欺蒙者的揭露，是一种对于被欺蒙者的警惕。

十一

诗是自由的使者，永远忠实地给人类以慰勉，在人类的心里，播散对于自由的渴望与坚信的种子。

诗的声音，就是自由的声音，诗的笑，就是自由的笑。

十二

教会，贵族，布尔乔亚……已轮流地蹂躏了艺术、诗。

把诗交还给人民吧！——让它成为人民精神的武装。

十三

智慧的含苞,常常为斗争而准备开放。

美　　学

一

一首诗是一个人格,必须使它崇高与完整。

二

一首诗的胜利,不仅是它所表现的思想的胜利,同时也是它的美学的胜利——而后者,竟常被理论家们所忽略。

三

诗的进步,是人类对自己和生活环境所下的评价的进步。

四

对于新事物的肯定,就是对旧事物的否定。

五

诗比其他文学样式都更需要明朗性、简洁性、形象性。

六

在一定的规律里自由或者奔放。

七

艺术的规律是在变化里取得统一，是在参错里取得和谐，是在运动里取得均衡，是在繁杂里取得单纯、自由而自己成了约束。

八

连草鞋虫都要求着有自己的形态；每种存在物都具有一种自己独立的而又完整的形态。

九

单纯是诗人对于事象的态度的肯定，观察的正确，与在事象全体能取得统一的表现。它能引导读者对于诗得到饱满的感受和集中的理解。

十

晦涩是由于感觉的半睡眠状态产生的；晦涩常常因为对事物的观察的忸怩与退缩的缘故而产生。

十一

清新是在感觉完全清醒的场合对于世界的一种明晰的反射。

十二

不能把混沌与朦胧指为含蓄;含蓄是一种饱满的蕴藏,是子弹在枪膛里的沉默。

十三

用明确的理性去防止诗陷入纯感情的稚气里。

勇敢、果断、自我牺牲等美德之表现在一个民族或一个集团里的,常常被诗人披上罗曼蒂克的斗篷是可以原谅的——但必须戒备啊!

假如这些美德不是被引导于一个善的观念,将成了怎样的一些恶行啊!

十四

所谓空虚与无聊是指那作品所留在文字上的、除掉文字之外别无他物的东西。

十五

节奏与旋律是情感与理性之间的调节,是一种奔放与约束之间的调协。

十六

格律是文字对于思想与情感的控制,是诗的防止散文的芜杂与松散的一种羁勒;但当格律已成了仅只囚禁思想与情感的刑具时,格律就成了诗的障碍与绞杀。

十七

讽刺与幽默是面对着虚伪的,而这虚伪又必须是代表不正的权力的。前者是积极的,后者是消极的。

十八

讽刺是对于被否定的事物的冷静的箭,是仅只一根的针刺,是保卫主题的必须命中的一击。

十九

讽刺是使在习惯里麻痹了的心理引起高度的刺激。

二十

讽刺产生于诗人对他所生活的世界看出了致命的矛盾,而这矛盾又为反动的统治者竭力企图隐瞒的时候。

讽刺是人类的理性向它的破坏者的一种反击。

二十一

苦难比幸福更美。

苦难的美是由于在这阶级的社会里,人类为摆脱苦难而斗争!

二十二

悲剧是善与恶相斗争时,善的一面失败时才产生的。

悲剧使人生充满了严肃。

悲剧使人的情感圣洁化。

二十三

人类无论如何也不至于临到了一个可以离弃情感而生活的日子；既然如此，"抒情"在诗里存在，将有如"情感"之在人类中存在——是永久的。

有人误解"抒情的"即是"感伤的"，所以有了"感伤主义"的同义语"抒情主义"的称呼。这是由于在世纪的苦闷压抑下，旧知识分子普遍地感到心理衰惫的结果。

二十四

抒情是一种饱含水分的植物。

但如今有人爱矿物，厌恶了抒情，甚至会说出："只有矿物才是物质。"

这话是天真的。

二十五

说科学可以放逐抒情，无异于说科学可以放逐生活。这是非常不科学的见解。

二十六

灵感是诗人对于外界事物的一种无比调谐、无比欢快的遇合；是诗人对于事物的禁闭的门的偶然的开启。

灵感是诗的受孕。

思　想

一

人存在，故人思想。

二

感觉只是认识的钥匙。

三

不要满足于捕捉感觉：

感觉被还原为感觉，剩下来的岂不只是感觉吗？

不要成了摄影师：诗人必须是一个能把对于外界的感受与自己的感情思想融合起来的艺术家。

四

人是最高级的动物，在眼、耳朵和鼻孔之外，还有脑子。

诗人只有丰富的感觉力是不够的，必须还有丰富的思考力、概括力、想象力。

五

对世界，我们不仅在看着，而且在思考着，而且在发言着。

六

诗必须具有一定的思想内容。

没有思想内容的诗,是纸扎的人或马。

七

诗不但教育人民应该怎样感觉,而且更应该教育人民怎样思想。

诗不仅是生活的明哲的朋友,同时也是斗争的忠实的伙伴。

八

思想力的丰富必须表现在对于事物本质的了解的热心,与对于世界以及人类命运的严肃的考虑上。

九

一切艺术的建筑物,必须建筑在坚如磐石的思想基础上。

十

宁可失败于艺术,却不要失败于思想;宁可服役于一个适合于这时代的善的观念,却不要妥协于艺术。

十一

要想的比写的多,不要写的比想的多。

十二

每天洗刷自己的头脑,为新的日子思考。

生　　活

一

我生活着,故我歌唱。

二

诗的旋律,就是生活的旋律;诗的音节,就是生活的拍节。

三

愈丰富地体味了人生的,愈能产生真实的诗篇。

四

只有忠实于生活的,才说得上忠实于艺术。

五

必须了解生活的美,必须了解凡我们此刻所蒙受的一切的耻辱与不幸、迫害与困厄,即是我们诗的最真实的源泉。

六

凡心中有痛苦的,有憎恨的,有热爱的,有悲愤与冤屈的……

不要沉默！

七

所谓“体验生活”是必须有极大的努力才能成功的，决不是毫无感应地生活在里面就能成功的。

“体验生活”必须把艺术家的心理活动也溶浸在生活里面；而不是在生活里做一次“盲目飞行”。

八

诗，永远是生活的牧歌。

九

不要在脆薄的现象的冰层溜滑；须随时提醒着自己在泥泞的生活的道路上，踏着沉重的脚步，前进而不摔跤。

十

生活是艺术所由生长的最肥沃的土壤，思想与情感必须在它的底层蔓延自己的根须。

十一

生活实践是诗人在经验世界里的扩展，诗人必须在生活实践里汲取创作的源泉，把每个日子都活动在人世间的悲、喜、苦、乐、憎、爱、忧愁与愤懑里，将全部的情感都在生活里发酵、酝酿，才能从心的最深处，流出无比芬芳与浓烈的美酒。

主题与题材

一

为要表演主题有所苦恼,有如孕妇要为怀孕有所苦恼一样。

二

制胜一切的主题,使它们成为驯服:

假如是岩石,用铁锤和凿击开它;

假如是钢,用白热的火熔软它;

假如是泥土,用水调和,使它在你的手指里揉出形体;

假如是棉花,理出它的纤维,纺织它,再在它的上面,印上图案。

三

在对于题材征服上,扩大艺术世界的统治:

凡你眼睛所见的,耳朵所听的都必须组织在你思想的系统里,使它们随时等待你的调遣。

使你的感觉与思维在每一个题材袭击的时候,给以一致的搏斗,直到那题材完全屈服为止。

四

在工作中试练自己:和一切最难于处理的题材搏斗,和各种形式搏斗，和繁杂的文字与语言搏斗。

无论是虎，是蛇，是蜥蜴，是狮……必须使它们驯服在人的鞭子下。

五

“摄影主义”是一个好名词。这大概是由想象的贫弱，对于题材的取舍的没有能力所造成的现象。

浮面的描写，失去作者的主观；事象的推移，不伴随着作者心理的推移，这样的诗也就被算在新写实主义的作品里，该是令人费解的吧。

六

我们永远不能停止对于自然的歌唱，因为我们永远不会停止从自然取得财富的缘故——这有如我们永远爱着哺育我们的母亲一样。

七

写恋爱也可以，但我们决不应该损毁女人的地位。

八

我们怎能不爱万物所由生长的自然母亲呢？

她教给我们许多的真理；

她交给我们美丽的生命，懂得爱、忧愁，以及为荣誉而欢欣，为羞辱而苦恼……

九

不要以原始人的态度赞美战争和厌恶战争;要以理性去判别战争,以理性去拥护战争和反对战争。

十

从现实生活中多多汲取题材;

从当前群众的斗争生活中汲取题材。

十一

问题不在于你写什么,而是在你怎样写,在你怎样看世界,在你从怎样的角度上看世界,在你以怎样的姿态去拥抱世界……

十二

对主题没有爱情,不会产生健康的完美的作品。

形　　式

一

一定的形式包含着一定的内容。

二

由于不同的颜色与光泽,大小与形体,我们分辨着:米、麦、柿子、栗子、柚子、苹果。

由于不同的声音的高低、快慢、扬抑，我们分别着：百灵鸟的歌，夜莺的歌，杜鹃的歌，鸦的歌……和人类的歌。

三

人类的歌，这是最丰富的歌，最多变化的歌，最魅惑我们的歌，最能支配我们的歌……人类是歌者之王。

四

诗人应该为了内容而变换形式，像我们为了气候而变换服装一样。

五

应该把形式看作敌对的东西——只有和所有的形式周旋过来的，才能支配所有的形式。

要把敌人看作难于对付的东西——这样才能使自己沉着射击，而且才能命中。

六

不要把形式看作绝对的东西——它是依照变动的生活内容而变动的。

七

假如是诗，无论用什么形式写出来都是诗；

假如不是诗，无论用什么形式写出来都不是诗。

八

难道能把一句最无聊的平直的话，重新排列而成为诗吗？

真正的诗就是混在散文里也会被发现的。

九

诗是诗，不是歌，不是小说，不是报告文学。

十

不要把叙事诗写成报告文学。现今有不少写诗的常把叙事诗写成分行排列的拖了脚韵的报告文学了。

十一

有的只是一些素材，却不是诗；

有的只是一节故事，却不是诗；

有的根本只是一篇最粗拙的报告，分行排列了，在句脚上加上一些单调的声音，却自鸣得意以为那是“长诗”。而批评家也以为那是“长诗”，而读者也以为那是“长诗”；于是我们临到了一个充满“长诗”的时代。

十二

不只是感觉的断片；

不是什么修辞学的例证；

不是一些合乎文法的句子；

不是报纸上的时论与通讯。

十三

所有文学样式,和诗最容易混淆的是歌;

应该把诗和歌分别出来,犹如应该把鸡和鸭分别出来一样。

十四

歌是比诗更属于听觉的;

诗比歌容量更大,也更深沉。

十五

不要把人家已经抛撇了的破鞋子,拖在自己的脚上走路;不要使那在他看作垃圾而你却视为至宝的人来怜恤你。

你要做一个勇于探求的——向荒僻些的地方走;

多多地耕耘,多多地采集。

十六

不要迷信形式。

路是人的脚走成的;为了多辟几条路,必须多向没有人走的地方去走。

十七

宁愿裸体,却决不要让不合身材的衣服来窒息你的呼吸。

技　术

一

一首诗必须具有一种造型美；
一首诗是一个心灵的活的雕塑。

二

没有技巧的诗人像什么呢——
没有翅膀的鸟，永远只会可怜地并着双脚急跳；
没有轮子的车辆，要人家背了它才走的。

三

摹拟是开始写作的人所不能避免的，但摹拟的目的不在像某人的作品，而是要使自己能自由地写。

有时看了一些诗，好像永远在摹拟着谁的；有时甚至很像那些批评文章所引的片段似的，零碎而不完整。

四

短诗就容易写吗？不，不能画好一张静物画的，不能画好一张大壁画。

诗无论怎样短，即使只有一行，也必须具有完整的内容。

五

有了材料和工具，有了构思，没有手法依然不能建造。

聪明的工匠应该能运用众多的手法，因材料与工具的性质而变换；却绝不应该因手法的贫困而限制了工具与损坏了材料。

六

不要把诗写成谜语；

不要使读者因你的表现的不充分与不明确而误解是艰深。

把诗写得容易使人家看懂，是诗人的义务。

七

诗人应该有和镜子一样迅速而确定的感觉能力——而且更应该有如画家一样的渗合自己情感的构图。

八

为了避免芜杂与零乱，必须勇敢地舍弃。

不要把诗写成发票，或是账单，或是地图的说明、统计表和物产的调查表。

九

适度地慷慨，适度地吝啬。

十

比起科学来，艺术的技术是可怜的落后的。

一个水雷壳皮的制造，如果有一千三百分之一英寸的错误，就会招致危险；而在艺术里把猫画成狗是随处都可以发现的。

十一

用诗来代替论文或纪事文是不能胜任的。

不要逼迫它和论文、纪事文和报道文赛嘴。

让它说一点由衷的话，说多少就多少……

每个字应该是诗人脉搏的一次跳动。

十二

但是——

有的人写诗像在画符咒；

有的人写诗像在挤脓；

有的人写诗像在屙痢疾……

十三

尽可能地紧密与简缩——像炸弹用无比坚硬的外壳包住暴躁的炸药。

十四

不要故意铺张——像那些没有道德的商人，在一磅牛奶里冲进一磅开水。

十五

一个作家的审美能力是最容易被发现于他的作品里的：

当他选取题材的时候;

当他虽竭力想隐瞒,但终于无意地流露了他对于一些事物的意见的时候;

当他对于文字的颜色与声音需要调节的时候;

我们就了如指掌地看见了作者的修养。

十六

诗人在这样的时候,显出了他的艺术修养:

即除了他所写的事物给以明确的轮廓之外,还能使人感到有种颜色或声音和那作品不可分离地融洽在一起。

我们知道,很多作品是有显然的颜色的,同时也是有可以听见的声音的。

十七

当你们写的时候已感到勉强时,人家拿你的作品读的时候一定更勉强的。

十八

写诗有什么秘诀呢?

——用正直而天真的眼看着世界,把你所理解的,所感觉的,用朴素的形象的语言表达出来。

不这样将永远写不出好诗来。

十九

对于这民族解放的战争,诗人是应该交付出最真挚的爱和最大的创作雄心的。为了这样,我们应该羞愧于浮泛的叫喊,无力的叫喊。

二十

诗人必须首先是美好的散文家。

但我们的诗坛却有许多从散文阵营里退却了的,或是败北了的文学的败兵!

二十一

在艺术生产的历史里,技术一样是发展生产的主要因素之一;而技术的发达,常常和人类全般的生产发生着关系是无疑的。我们必须重视技术,有如一切的生产部门里技术之被重视一样;为了完成我们一个情感思想的建造,我们必须很丰裕地运用我们的技术,更应该无限制地提高和推广我们的技术。

二十二

艺术家的创作过程,和其他的劳动者是一样艰苦的。

他必须用自己全部的感应去感应那对象,他必须用社会学的、经济学的钢锤去锤炼那对象,他必须为那对象在自己心里起火,把自己的情感燃烧起来,再拿这火去熔化那对象,使它能在那激动着皮链与钢轮的机器——写作——里凝结一种形态,最后再交付给一个严酷而冷静的技师——美学去受检验,如此完成了出品。

二十三

有如生产技术的进步之能促进人类文化一样,诗人写作技术的进步也一定地促进了诗人对于世界认识的进步。

形　　象

一

形象是文学艺术的开始。

二

愈是具体的,愈是形象的;愈是抽象的,愈是概念的。

三

诗人必须比一般人更具体地把握事物的外形与本质。

四

形象塑造的过程,就是诗人认识现实的过程。

五

诗人愈能给事物以联系的思考与观察,愈能产生活的形象;诗人使各种分离着的事物寻找到形象的联系。

六

诗人一面形象地理解世界,一面又借助于形象向人解说世界;诗人理解世界的深度,就表现在他所创造的形象的明确度上。

七

诗人愈经验了丰富的生活，愈能产生丰富的形象。

八

所谓形象化是一切事物从抽象渡到具体的桥梁。

九

形象孵育了一切的艺术手法：意象、象征、想象、联想……使宇宙万物在诗人的眼前互相呼应。

意象、象征、联想、想象及其他

一

诗人的脑子对世界永远发生一种磁力：它不息地把许多事物的意象、想象、象征、联想……集中起来，组织起来。

二

意象是从感觉到感觉的一些蜕化。

三

意象是纯感官的，意象是具体化了的感觉。

四

意象是诗人从感觉向他所采取的材料的拥抱,是诗人使人唤醒感官向题材的迫近。

五

意象:
翻飞在花丛,在草间,
在泥沙的浅黄的路上,
在静寂而又炎热的阳光中……
它是蝴蝶——
当它终于被捉住,
而拍动翅膀之后,
真实的形体与璀璨的颜色,
伏贴在雪白的纸上。

六

联想是由事物唤起的类似的记忆;
联想是经验与经验的呼应。

七

想象是经验向未知之出发;
想象是由此岸向彼岸的张帆远举,是经验的重新组织;
想象是思维织成的锦彩。

八

想象与联想是情绪的推移，由这一事物到那一事物的飞翔。

九

有了联想与想象，诗才不致窒死在狭窄的空间与局促的时间里。

十

调子是文字的声音与色彩、快与慢、浓与淡之间的变化与和谐。

十一

意境是诗人对于情景的感兴；是诗人的心与客观世界的契合。

十二

象征是事物的影射；是事物互相间的借喻，是真理的暗示和譬比。

语　言

一

诗是语言的艺术；语言是诗的元素。

二

诗是艺术的语言——最高的语言、最纯粹的语言。

三

诗的创作上的问题,语言是最重要的问题之一。诗人必须为创造语言而有所冒险——一如采珠者之为了采摘珍珠而挣扎在海藻的纠缠里,深沉到万丈的海底。

四

没有比生活本身和大自然本身更丰富的储藏室了;

要使语言丰富,必须睁开你的眼睛:凝视生活,凝视大自然。

五

丰富的语言,是由丰富的生活经验产生的。

一个诗人语言贫乏,就由于他不会体验生活。而语言贫乏是诗人的最大的失败。

六

语言陈列在诗人的脑子里,有如菜蔬与果子陈列在市集的广场上,各以不同的性质与形式,等待着需要与选择。

七

从自然取得语言丰富的变化,不要被那些腐朽的格调压碎了我们鲜活的形象。

八

艺术的语言,是饱含情绪的语言,是饱含思想的语言。

艺术的语言,是技巧的语言。

九

较永久的语言,不受单一的事物所限制的语言,是形象化了的语言,也就是诗的语言。

十

诗的语言必须饱含思想与情感;语言里面也必须富有暗示性和启示性。

十一

语言的机能,在于把人群的愿望、意欲和要求,用看不见的线维系在一起,化为力量。

十二

反拨的语言,是诗人向被否定的一面所提出的良心的质问。

十三

启示的语言,以最平凡的外形,蕴蓄着深刻的真理。

十四

简约的语言,以最省略的文字而能唤起一个具体的事象,或是丰富的感情与思想的,是诗的语言。

十五

明朗的语言,使语言给思想与情感完全的裸体,这场合,必须思想与情感都是健康而美的,她们的裸露才能给人以蛊惑。(我们知道:一个萎缩了的女体,任何锦缎对于她都是徒劳的。)

十六

诗人必须有鉴别语言的能力:诙谐的,反拨的,暗射的,直率的,以及善意的和恶意的……一如画家之鉴别唤起各种不同的反应的色彩一样;

语言丰富的人,能以准确而调和的色彩描画生活。

十七

语言必须在诗人的脑子里经过调匀,如色彩必须在画家的调色板上调匀。

不要在你的画面上浮上了原色,它常常因生硬与刺眼而破坏了画面上应有的调和。

十八

字与字、词与词、句子与句子,诗人要具有衡量它们轻重的能力——要知道它们之间的比重,才能使它们在一个重心里运动,而且前进……

失去重心的车辆是要颠扑的。

十九

深厚博大的思想，通过最浅显的语言表演出来，才是最理想的诗。

二十

最富于自然性的语言是口语。

尽可能地用口语写，尽可能地做到“深入浅出”。

二十一

一首好诗，必须使每个看它的人，通过语言，都得到他所能了解的益处。

道　德

一

不要采摘没有成熟的果子。

二

写作必须在不写就要引起无限悔恨与懊丧的时候来开始，不然的话，你所写的东西是要引起无限的悔恨与懊丧的。

三

我们写作，目的是在使我们的原是在我们脑际流动的思想和在心中汹涌的情感，固定在文字上，因这些思想和情感常常是闪现一次，就迅即消逝的。

四

诗的情感的真挚是诗人对于读者的尊敬与信任。诗人当他把自己隐秘在胸中的悲喜向外倾诉的时候，他只是努力以自己的忠实来换取读者的忠实。

五

诗与伪善是绝缘的。诗人一接触到伪善，他的诗就失败了。

服　役

一

到世界上来，首先我们是人，再呢，我们写着诗。

二

人类通过诗人的眼凝望着世界；

人类以诗人的眼感受了：美与丑，善与恶，欢乐与悲苦，长生与死灭……诸形象。

三

天良未泯而觉醒于正义的人，真应该如何给以呼号，给以控诉啊。

四

在我们生活着的岁月，应该勇猛地向暴君、寄生者、伪君子们射击——因为这些东西存在着一天，人类就受难着一天。

五

个人的痛苦与欢乐，必须融合在时代的痛苦与欢乐里；时代的痛苦与欢乐也必须糅合在个人的痛苦与欢乐中。

六

诗人的“我”，很少场合是指他自己的。大多数的场合，诗人应该借“我”来传达一个时代的感情与愿望。

七

为名而写作的，比为艺术而艺术的还自私。

八

不要把“美”放逐到娼妇的地位，赎还她，使她为人类正在努力着的事业而勤奋地服役吧。

九

把艺术从贵妇人的尊严里解放出来，鼓舞她，在一切的时代为人类向上的努力而奋发起来。

十

为的是什么啊——

假如不把人类身上的疮痍指给人类看；假如不把隐伏在万人心里的意愿提示出来；假如不把美的思想教给人们；假如不告诉绝望在今天的人还有明天……

为的是什么啊？

十一

人类不仅应该为现在而忙碌，而且更应该为将来而忙碌。

十二

人生有限。

所以我们必须讲真话——在我们生活的时代里，随时用执拗的语言，提醒着：人类过的是怎样的生活。

十三

必须把人类合理生活之建立的可能，成为我们最坚固的观念，而且一切都由这出发又归还到它里面。

十四

我们和旧世界之间的对立，不仅是思想的对立，而且也是感觉与情感上的对立。

十五

具有信仰的虔诚，对人世怀着热望，对艺术怀着挚爱，在生活着的日子，忠实地或是恳切地，也或是倔强地、勇敢地说着话语，即使不是诗的形式也是诗。

十六

高尚的意志与纯洁的灵魂，常常比美的形式与雕琢的词句，更深刻而长久地令人感动。

十七

地球本来是圆的，而且是动的；然而第一个说这话的人被处死了。但地球依旧是圆的，而且是动的。这是真理。

真理是平易却又隐蔽在事物的内里的；真理是依附在大众一起而又不易为大众所知的。诗也和科学一样，必须有勇气向大众揭示真理。

十八

诗人的发展，是从“感情人”到“行动人”的发展。

十九

精神的劳役者，以人民的希冀为自己的重负，向理想的彼岸远行。

二十

在这苦难被我们所熟悉，幸福被我们所陌生的时代，好像只有把苦难能喊叫出来是最幸福的事；因为我们知道，哑巴是比我们更苦的。

二十一

一切都为了将来，一切都为了将来大家能好好地活，就是目前受苦、战争、饥饿以至于死亡，都为了实现一个始终闪耀在大家心里的理想。

二十二

叫一个生活在这年代的忠实的灵魂不忧郁，这有如叫一个辗转在泥色的梦里的农夫不忧郁，是一样的属于天真的一种奢望。

二十三

把忧郁与悲哀，看成一种力！把弥漫在广大的土地上的渴望、不平、愤懑……集合拢来，浓密如乌云，沉重地移行在地面上……

伫望暴风雨来卷带了这一切，扫荡这整个古老的世界吧！

二十四

被赞美着,又被误解着,或是被非难着,该是诗的普遍的命运:因为今天的人类,还远远没有在生活和爱好上取得一致的缘故。

二十五

生命是可感激的:因为活着可以做多少有意义的事啊!

二十六

所谓命运,只不过是旧的社会环境对于人的限制,能突破这种限制的人,是勇者,是胜利者。

二十七

对一个献身给人类改造事业的诗人的诗,强调了对他的艺术的关心而忽视了他的内容,或者肯定他的艺术而否定他的内容,这是对于诗人的最大的亵渎——因为他早已把艺术看成第二义的东西了。

二十八

诗人和革命者,同样是悲天悯人者,而且他们又同样把这种悲天悯人的思想化为行动的人——每个大时代来临的时候,他们必携手如兄弟。

创　造

一

人类依着自己的需要与心愿，创造着生活：劳动、科学、艺术、道德……

二

诗人创造诗，即是给人类的诸般生活以审视、批判、诱发、警惕、鼓舞、赞扬……

三

诗人的劳役是：为新的现实创造新的形象；为新的主题创造新的形式；为新的形式与新的形象创造新的语言。

四

为了新的主题完成了新的形象的塑造，完成了新的语言的锻炼，完成了新的风格，即是完成了诗人的对于人类前进事业所负有的职责。

对于诗人，这些事是最重要的，因为这些事对于诗人是最适宜的，也是最不容推诿的。

五

在创作的过程中发展自己，使自己在对于主题的固定、形象的鲜活、语言的明确的努力中迫近真理。

六

诗人在变化着的世界当中，努力给世界以新的认识时，产生了新的形象、新的语言。

七

新的风格，是在对于新的现实有了美学上的新的肯定时产生的。

八

一个伟大的诗人，他不仅在题材所触及的范围上有广泛的处理，同时在表现的手法以及风格的变化上有丰富的运用。

九

存在于我们之间的艺术上的难关，岂不是常常和存在于将军们之间的军事上的难关一样严重吗？而当我们为了克服那些难关时所花的思虑，岂不是也和他们的一样深刻吗？

为了完成一定的艺术上的计划时，我们岂不是常常和一个将军为了完成一定的军事计划一样地勇敢而苦恼着吗？

十

在万象中,“抛弃着,拣取着,拼凑着”,选择与自己的情感与思想能糅合的,塑造形体。

十一

语汇丰富是由生活经验和知识的丰富来的;

创造力的健旺是由对世界的感应的强烈和对人类关心的密切,以及对事物思索的深刻与宽阔而来的。

十二

只有通过长期忍耐的孕育,与临盆的全身痉挛状态的痛苦,才会得到婴孩诞生时的母性的崇高的喜悦。

十三

严肃地工作,无休止地工作,随时都准备着祝贺自己的新的发现;只有那每次新的完成所带来的欢喜,和它所带给社会的影响,才能真正地而且崇高地安慰你。

十四

渴求着“完整”,渴求着“至美,至善,至真实”,因而把生命投到创造的烈焰里。

十五

不曾经历过创作过程的痛苦的,不会经历创作完成时的喜悦。创造的喜悦,是最高的喜悦。

十六

在新的社会里,创造的道德将被无限制地发扬。

爱工作,爱创造,将是人类的美德,它们将引导人类向“无限”航行……

十七

人类的历史,延续在不断的创造里。

人类的文化,因不断的创造而辉煌。

我们创造着,生活着;生活着,创造着;生活与创造是我们生命的两个轮子。

一九三八年——一九三九年

附录二

艾青译诗：原野与城市（七首）

［比利时］凡尔哈仑

原　野

在天穹的悲哀与忧虑的下面
捆束的人们
往原野的四周走去；
在那云拉着的
沉压的天穹的下面
无穷尽的，捆束的人们
在那边走着。

茅屋上矗立的，是些钟楼，
而成堆的，败颓的人们
从村庄到村庄地走着。
彷徨着的人们，
像道路般悠远了；

从很久，他们就经历着时间
从原野到原野地走着；
牵引着或是跟随着他们的
那些伸长着的轨道上的货车
朝向小小的村庄和小小的道路，
那些不间断的货车，
轧碾出悲痛的嘶声，
白日，黑夜，
由它们的轮轴朝向无限。

这是原野，广大的
在残喘着的原野。

围着荆棘的可怜的园囿
分割着它们隐着痛苦的土地；
可怜的园囿呀，可怜的农庄呀，
那些怠懈的门扉
和那些像货箱似的茅屋
被风啊劈击地穿钻着。
周围，没有茵菲，没有红了的野花，
没有麻苎，没有小麦，没有初枝，没有新芽；
很久了，树棵被雷霆击断，
像一个巨大的灾祸般
出现在那塌坏了的门前。

这是原野，无终止的
永远一样的，枯萎的原野。

从上面，常常地，
风这般强烈地嘶着
而人将说苍天啊
为阴阳的拳击所劈开了。
十一月吼着。像狼似的
悲惨的，由于疯狂的夜。
那些枯枝败叶
打着人面地飘过
落在泥沼上，小径里；
而悲哀的基督之巨大的两臂
在十字路口，从阴暗处，
像在扩大着，突然地去了，
带着恐怖的叫喊
朝向失去了的太阳。

这是原野，这是仅有的
徘徊着恐怖与哀怨的原野。

那些河流是停滞或枯干了，
浪潮不再一直伸到牧场里来了，
而无数的泥炭的堤堰，
徒劳地弯曲着它们的弧线。

有如土地,水流也已死去;
在群岛之间,护送着
朝向海,海湾依然对看着,
大斧与贪婪的铁锥
劈着那些古老的船只之
腐朽的枯骨。

这是原野,广大的,
在残喘着的原野。

那儿,在贫穷与悲哀的田地的
车辙里,到处都一样地,
旋流着失望与痛苦;
这是原野,这是
以广大的飞翔
汹涌着的鸟群叫着灭亡
而穿过那北国天穹的原野;
这是原野,这是
像嫌厌一般悠久而无光泽的原野,
这是原野,这是
阳光像饥馑似的褪色的地域,
在那里,孤寂的江河之上
用激浪流转着大地之所有的痛苦。

一八九五年

城　市

一切的路都朝向城市去。

从浓雾的深处，
那边，带着它所有的层次
和它所有的大的梯级
和一直到天上的
层次与梯级的运转，朝向最高的层次，
它梦似的出现着。

那边，
是些跳跃的，凭空跨过的
铁骨编成的桥梁；
是些为神怪的雕像所制御着的
墙垒和圆柱；
是些郊外的钟楼，
是些屋顶与屋脊的尖角——
像止住了的飞翔，在房屋之上；
这是感触的城市，
站着在
土地与原野的边际。

赤红的光
煽动在
电杆和支柱之上，
就在午时，依然
像金色的可怕的鸡蛋般燃灼着，
辉耀的太阳瞧不见了：
那发光的嘴，已被
煤灰和黑烟蒙住。

一道沥青与石油的河流
冲击着木的浮桥和石的长堤；
放肆的汽笛，从驶过的船只上
在浓雾里叫出了恐怖：
一盏绿色的警灯
是它们的
朝向海洋与空阔的瞻望。

那些码头在沉重的榻车的冲击里鸣响着，
那些重载的车辆轧轹着
那些铁的秤机堕下了黑暗的立体
又把它们滑进了燃火的地窖；
那些桥梁从中间打开着，
在那些竖立着灰暗的十字架的繁杂的支柱
和那些记录着万物的铜字之间，
无边际地，跨越着

成千的屋顶，成千的檐角，成千的墙垣，
相对着，像在争斗似的。
在它的上面，马车过去，车轮闪着，
列车在驰，急疾地飞过，
一直到车站，停着成千
不动的机头，像一个金色辉煌的殿堂。
那些错杂的铁轨
从隧道和喷烟的洞穴爬到地底去——
为了再出现在喧嚣与尘埃里的
明亮而闪光的铁路网上。

这是感触的城市。

街道——和它那些像被电线
结住在纪念碑四周的激浪——
长长地交织地消逝着，出现着；
而它的那不可计数的群众
——狂乱的手，激动的步伐呀——
眼里储满着憎恶，
用牙齿在攫取那越过他们的时刻。
在黎明，在黄昏，夜间，
在扰乱与争吵里，或是在烦忧里，
他们朝向命运，掷出
那时间所带来的他们的劳作之辛酸的种子。
而那些阴暗的忧郁的柜台

那些虚伪的不正的账房
那些打开着门的银行
就在他们的狂乱之风的吹打里。
外面，如烧着的敝衣，
一种混浊而赤红的光
闪闪反射地滞留着。
生活啊，已同着酒精的波涛发酵了。
那些小酒店在人行道旁打开着
他们的那些镜龛
映照着酩酊与争斗；
一个盲女靠着墙
卖着五个生丁一盒的火柴；
饕餮与饥饿在它们的巢穴里交合着，
而肉欲的苦闷之黑色的突击
在那些小弄里激越地跳踏着。
而色欲依然不绝地高涨着
而狂热呀变成骚动了：
人在磷光与金色的欢乐之搜寻里
不相容地轧碎了；
女人们——苍白的宠妇呀
行进着，同着她们的头发之性的标记。
暗赭的煤色的大气呀
常常远离阳光伸向海洋
于是像是从整个的哄乱
朝向光明掷去的巨大的叫喊；

广场呀，旅馆呀，商铺呀，市场呀，
这般强烈地叫嚣着激动着暴力
——而垂死者们
却徒劳地在寻找着
应该瞑目的静寂的时刻。

这般的白日——同样，当着夜
用它的深黑的锤，刻画着苍穹，
城市在远处展开着而且制服了原野
有如一个深邃而又广阔的希冀；
它滋长着：祈愿，荣华、烦愁；
它的光辉一直向天上升引出余力，
它的金色丛簇的煤气灯光闪射着，
它的铁轨是些
幸运与权力相伴着
朝向伪诈的幸福的大胆的道路；
它的那些墙壁像军队似的接连着
而那里还有迷雾浓烟
带着嘹亮的叫喊到达这些村野里来了。
这是感触的城市啊，
热烈的虔诚
和庄严的骸骨与骷髅啊。

而无数的道路从这里到无限地
朝向它去。

一八九五年

穷 人 们

是如此可怜的心——
同着眼泪的湖的，
它们灰白如
墓地的石片啊。

是如此可怜的背——
比海滩间的那些
棕色陋室的屋顶
更重的痛苦与荷负啊。

是如此可怜的手——
如路上的落叶
如门前的
枯黄的落叶啊。

是如此可怜的眼——
善良而又温顺
且比暴风雨下
家畜的眼更悲哀啊。

是如此可怜的人们——

以宽大而懊丧的姿态
在大地的原野的边上
激动着悲苦啊。

来　　客

——打开吧,人们呀,打开吧,
我敲着前扉与后棚,
打开吧,人们呀,我是风,
穿着死叶的风。

——进来吧,先生,进来吧,风呀,
看,那给你的炉灶,
和它的粉刷过的凸壁:
进到我们家里来吧,风先生呀。

——打开吧,人们呀,我是雨滴,
我是着了灰色袍子的寡妇,
我的命运是无定的,
在煤灰色的浓雾里。

——进来吧,寡妇呀,进到我们家里来吧,
进来吧,冰冷的雨滴和铅青色的雨滴,
宽大的墙壁的缝隙,

张开着为了你住到我们的家里。

——举起吧，人们呀，举起那铁杆吧，
打开吧，人们呀，我是雪；
我的白色的外套嫌厌着，
在古老的冬的路上。

——进来吧，雪呀，进来吧，太太，
带着你百合花的花瓣，
把它们散在陋室里，
一直到那生着火焰的灶子里去。

因为我们是一些不安定的人们，
我们是居留在北国荒芜的地域里的人们，
我们爱着你们啊——说吧，从什么时候
起的？——
为了我们有着由你们所激起的痛苦。

惊醒的时间

这是三月！
一片病后的迟缓的阳光
从上面斜到窗口
和透彻的地上。

这是三月！
衰老的冬已向北方去了，
好像一只振起了羽毛的鸟；
新鲜的黎明摇落了浓雾。

这是三月！
南方的酷冷已减弱
天在林间的空地上
摊开了它光的台巾。

这是三月！
曙光倚向沉思的湖泊
长长的镜面上，它的臂滑过
而且伸进到那平腻的水底。

这是三月！
而那春天，它驯服着
同着鸟的初唱。
而在青石色的池沼里
管辖区的谦卑的人们
为了修理茅舍和编织篱围
在截着长而又白的芦苇。

寒　冷

在暴乱的酷冷的黄昏里
衰惫者死去的黄昏里
那些灯光与那些黯云
徘徊着苍白的与黑暗的冬日。

原野如此静寂而又悠古地睡去
人将以为它们已被命运所打击了；
——谁将惹起那春的咒语呢？
单单的，朝向落日，那边
悲哀而不调和，同着无力的钟声
一些晚祷微响在白雪上。

那些茅屋和那些牛棚
如此可悲地出现着
带着忧伤张开它们的卑微；
在园子里，篱笆的沿上，
摇动的竿子的上面可看见
在风里晒着而又冻结着
那些穷人的灰色的衣衫。

那些村庄好像缩小了

紧闭着它们的园圃与陋室
而又聚集了它们的恐怖；
它们排列在无生气的小道边上
那儿，每个炉，从门下
在斜面滑过它的菜刀的微光。

雪已渗进茅草
和那在平野上的草堆了；
雪已抛出它的成千的
细小的片屑，它飘散着
跨过田野，在每个角落里，
从排列着它们的缜密的
静寂的大树朝向
遥远的遥远的无限。
大地是白色与可怕的亮呀。
在路口，十字架
向着无限的痛苦竖起他们的基督，
但那从绞绳所流滴出的纯洁的血
已不能温暖那暴虐的冻结
那些不平的凝块像在担载着他的心。

在那暴乱的酷冷的黄昏，
没有比环绕在凝结了的时间
更古老的年代
徘徊着那苍茫的与黑暗的冬日。

风

摇摆的金雀花的黑色的爪
撕裂了风的广阔的织物。

风么?——它比毛羽更温柔
而绿的金雀花投射出憎恶
在无情的荆棘里,从原野到原野的
风么?——它是自负的忻喜,
它驰着,穿着光辉的鞋子,
两足潮湿,在河流的上面。
金雀花么?——它是土地的癫狂。

黄色的风呀,是春天了,
以明亮的吻吻到土地的唇上;
热烈的风,真挚的风呀,
是春天了。

金雀花么?——它是敌忾的
寒冷与冰的放肆。

风唱着,风闲谈着,
和金丝黄雀,红雀,麻雀

风闪耀着,闪耀着
在长长的芦苇的尖上。

风纠缠着,旋转着,而又解散着
又忽然飘向那发光的果园里,
那边,苹果树像白孔雀,
——太阳和光辉——给它做了轮子。
无言的妒忌的金雀花,
在山谷里,在沙地上,
像忧怨似的郁结着
又蛮野地沉默着。

旋转的风,饱满的风
像一个野孩子在斜坡上,
风给舞着的蝴蝶
和金色的叶瓣以飞翔

风在行旅里迟疑着
而且和白的毛绒
与灿烂的毛绒嬉戏着
广大的云,在它的上面。

风在水的边际玩弄着
堤岸上,家畜
跳跃地倾出,

风向那些居房升起；

风去了，风回来了
唤醒一切，毫无遗忘；
而金雀花它自己摩挲着
每一张叶，每个枝节，
而且终于把无限的怨艾
颓然倒折在地上。

中学生怎么读整本书

曹勇军

以整本书为单位的阅读,具有悠久传统,至今被认为是最有效的阅读方式。首先,它可以克服我们今天生活学习中碎片化存在和学习的不足,由此而培养出来的阅读视野、阅读策略、阅读能力和阅读气象,是读几篇课文、做几道练习远远达不到的。其次,它可以让我们发现自我,认识人生,让自己的人生觉醒,推动我们的生命和心智的成长,为未来的发展奠定基础。因此,我们应该学会整本书阅读,掌握整本书阅读的技能,切实提高语文素养。

整本书阅读首先要解决几个难题。

难题之一:怎样找到读书的时间。现在中学生学习压力大,课业负担重,即便是学校安排了读书课,真正享受阅读的时间少之又少,所以要自己去寻找读书时间。我在学校经常看到有学生中午一放学就抱着篮球,饭也不吃,驰骋在篮球场上,脸上写满了满足。我自问:“是谁给了这些孩子打球的时间?”是热爱让他们宁愿不吃饭也要打球。这给人启示:读书时间是找来的、挤来的、挪来的,甚至是与父母、老师摩擦博弈、讨价还价争取来的。午饭后,读上三五页;睡觉前,给自己下个任务,多读三五页……你把读书看成是生命中最重要的事,就会克服一切困难,找到读书的时间。

因此，极端地说，寻找读书的时间就是阅读能力的一部分，找不到就是阅读能力不强。没有这样的能力，一辈子都没有时间读书。

难题之二：怎样找到适合自己的书。什么是适合自己的书？就是让你通过阅读增长知识、得到快乐、发现自我、锻造人生的那些书。它们往往是你生命中的伯乐之书、智慧之书。我们中学生读书是为了发现自我，寻找生命中更好的可能。因此，你的阅读就是不断地寻觅的旅程。找到适合你的书，让那些伟大的作品中所包含着的丰富的精神价值引领你、伴随你一步一步成长。在寻觅的过程中，你可以参考同学、朋友们选择的书目，但不必亦步亦趋、人云亦云，要有自己独立的标准和清醒的判断：我是谁？我想成为什么样的人？这样的书能否帮助我抵达心目中理想的人生境界？这样的追问会变成阅读中的强大的推动力。选择的过程也包括放弃。有的书可以采用跳读、略读的方式读几十页、上百页才知道适不适合自己，适合就读下去，不适合就果断放弃。这是一个成熟的阅读者的正常阅读习惯，不必因一本书没有读完而负疚自责。

难题之三：读什么样的书对自己帮助大。整本书有易有难，完全看不懂和一看就懂对我们的阅读帮助提升都不大，阅读中最有价值的是半懂不懂的书。对于这样的书，你有兴趣但又有很多困惑和挑战，读完一本就提升一步，抵达全新的境界。阅读中，有一个自我监控的核心指标：就是读完一本书怎样才算读懂了。怎么算读懂呢？这里引用朱光潜先生一段话来回答："我读一本书，必用自己的话把它表达出来，才觉得真的把这本书消化了。"读的过程中，不断地用自己的语言去筛选、组织书中的核心内容，能用自己的话表述出来，就可以说基本读懂了。整本书阅读要纠正我们在语文课上养成的追求唯一标准答案的不良习惯，用自己的话表达阅读后丰富的个性化的理解。这一点很重要。迈不过这个坎，就无法进行整本书阅读。

难题之四：怎么面对和处理阅读中的困惑和疑难。整本书体量大、篇幅长，阅读中总会有各种各样的疑难和困惑。这并非坏事，而是阅读中促进思考的一个积极的活跃的因素，随着阅读思考的加深，疑难会自然消解，不是吗？第一页的问题，到了第十页就不再是问题；开头的问题，到了结尾就明白了；这本书遇到的问题，下一本书可以帮助你解答；十五岁阅读中遇到的问题，十八岁的时候或者二十八岁的时候总会有答案。要克服课堂教科书式语文学习的不足：抓住一两点细碎的问题死抠，把自己弄得紧张、焦虑，无法有效地推进整本书阅读。阅读就是伴随着疑难和问题而展开的，阅读中要善于把问题“悬置”起来，使之既不影响阅读的推进，又暗中牵引着你的思考，观其大略，走向文本的深处。

解决了这些难题后，接下来就是怎样具体地开展整本书的阅读。各人的方法不同，这里只能提供一些建议。

首先，可以根据自己的时间做一个规划，大致要用多长时间读完这本书。整本书都有一定的厚度，受条件限制无法一口气读完，读的过程中要规划用多长时间读完并保持持续性。持续性是整本书阅读的关键所在。

其次，还应该在书上做适当的批注、评点。让原文中的那些深刻的语句和思想浮现出来，化繁为简，便于自己理解思考。

再次，有些好的句子还应该摘抄下来，反复地咀嚼消化。这样既有流畅的情节的线的感知，又有关键词句段的点的深入，点面结合，容易取得比较好的效果。

最后，培养批判思维能力。阅读不能只关注书本的原意，更要重视自己在阅读中的感想、体验、争辩，获得对作品的深入理解，尤其要培养自己的批判性思维能力。不迷信权威，不迷信标准答案，实事求是，有好说好，有不足说不足，批判性思维就是这样的一种思维品质。它可以帮助我们强化阅读中的个性和思考。阅读中特别需要培养批判性思维能力，请看下面一段话：

“体面的，要强的，好梦想的，利己的，个人的，健壮的，伟大的，祥子，不知陪着人家送了多少回殡；不知道何时何地会埋起他自己来，埋起这堕落的，自私的，不幸的，社会病态里的产儿，个人主义的末路鬼！”

我先不告诉你作者和作品的名字，只问你这段话表达得好不好。估计多数同学可能会不喜欢甚至不认可这种叠床架屋式的、充满书生气的书面表达。我告诉你，这是《骆驼祥子》的最后一段，作者是大名鼎鼎的老舍先生。估计你听到就会默不作声。为什么？因为你怀疑起自己来：这样的著名作家，他的作品中的表达怎么会不好呢？告诉你，你现在丧失的就是批判性思维的品质。你不是依据作品本身的表达，而是依据作者的名气、地位、权威性，不敢对它进行质疑，表达自己的真实感受和理解。阅读中一定要保持敏锐的批判思维，这样才能让自己成为一个真正的成熟的读者，甚至是一个优秀的读者。

要想顺利地进行整本书阅读，既需要“实招”告诉自己怎么做，也需要“虚招”纠正自己的不恰当的想法和不良习惯，虚实结合，构建健康的阅读观，让自己在读书的道路上走得更稳更远。

译林社的这套名著，精选统编《语文》教材“名著导读”和“自主阅读”书目，这些对于初中学生来说，都是必读之书。为名著阅读配备相关辅导材料的做法近来也有不少，但在名著中插入所谓的辅助材料，在扫除阅读障碍的同时，却也于无形中干扰了阅读的节奏。这套书把名著与导读导练分开，保护了书本身的完整性，保障了整本书阅读的畅快感，实际操作起来也非常方便，对于初中生整本书阅读功莫大焉。

目　录

写在阅读前

1996 年，诗坛的一颗巨星陨落了。我国伟大的现代文学家、诗人艾青逝世。一个时代结束了，可那激昂的号角却仍然回荡在我们的耳边。诗文赤子心，一生家国梦，让我们一起走近艾青，重温过去的苦难与辉煌，砥砺前行，续写未来的新篇章。

江山壮阔，你是人间星火

——献给艾青

你本是，受人瞩目的
地主家的长子。
“克父母！”算命的话，如一记雷霆
将你打入无边的黑暗
你成了父母家里的新客

你渴望着逃离，像风筝般
飞越大海，轻轻落在了巴黎的夜晚
生活拮据，背井离乡
可当你执起画笔，漫天的星辰为你照耀

有那么一瞬间,你栖息于艺术的天地间
自由了!

可一只牵线的风筝
自由很短暂,快乐也很短暂
你听到线的那头,
是轰鸣的炮火,是凄厉的哭喊
是饱受摧残与折辱的祖国
你的家园正在你的耳边坍塌

一个法国的醉汉向你叫嚣:
中国人,国家快完了,你还在这画画!
这句话如锋利的刃,夜夜割磨着你的心
你开始思索如何度过自己的一生

舟车悠缓,山川修阻
自由的流浪者回国了
等待你的
是乳母含恨而终的消息
是阴暗逼仄的监狱
镣铐在月夜下闪着寒光
发出狰狞的响声
你却在思想的疆场,自由驰骋

你是农民的儿子
一遍遍地为乳母唱着赞歌
你用饱蘸温情的笔

描摹她粗粝不堪的模样
她贫穷悲苦的生活
你用最朴素的话语,满含热泪
叫着一声声“妈”
为那卑微的人涂上高贵的紫色

你是人间惆怅客
如河流般,辗转在祖国各地
流经千百样地貌,遍览人间苦境
听那一粒粒微尘的哭泣
你在黑夜中长久地醒着
为这黎明永不停止地奔波劳碌

江山壮阔,你是人间星火
飒飒风雷从你的笔下响起
波澜壮阔的海面上,千帆竞发
你举起时代的号角
吹出那激昂的冲锋号
你高擎着火把,振臂欢呼,
斗争啊!
起来斗争啊!
斗争出一片新天地
迎接光明的到来!

你是属于自己的
拾一支芦笛,吹着个人的忧愁喜乐
你是属于国家的

举一把号角,奏响人民的离合悲欢
你是属于世界的
为世界被压迫的民族
唱着解放的歌

你叫蒋正涵,号海澄
你镌刻在历史丰碑上的名字
叫——艾青

名著初体验

艾青，原名蒋正涵，号海澄。1910 年出生于浙江金华的一个地主家庭。因一个算命的术士说是“克父母”的命，年幼的艾青，便在父母的冷漠与疏离中，被送到一个贫苦的农妇家里抚养，直到五岁方才回到陌生的家中。

1928 年，艾青考入杭州国立西湖艺术院绘画系，1929 年，在院长林风眠的建议下，艾青出国留学。巴黎自由浪漫的艺术氛围深深感染着艾青。除了攻读绘画，他也广泛接触哲学、文学领域。俄罗斯批判现实主义小说、苏维埃十月革命的小说和诗歌、西方现代象征派、印象派诗歌，使艾青的感情、思想、意志和艺术感受都得到了丰富的滋养。

1932 年，艾青返回故土，希望为饱受战火摧残的祖国出力。然而，这位自由的流浪者却因为参加“中国左翼美术家联盟”，组织“春地画会”，从事进步爱国活动，被国民党逮捕，徒刑三年。也正是在那个时候，艾青开始大量写诗，迎来他的第一个创作高峰。

身陷囹圄的他，以激愤的笔，写下了反抗的宣言。《透明的夜》中，他刻画了一群苦难人的蠢蠢欲动的反抗；《芦笛》中，他控诉了这个没有自由的罪恶的世界；《巴黎》中，他以短促有力的节奏，描绘了这个让他爱恨交加的城市，这个美丽与丑恶并存的城市。他叫喊着，面对着一方铁窗/从阴暗处/怅望着/白的，亮的/波涛般跳跃的宇宙(《叫喊》)。他希冀着，在黄昏里希冀皓月与繁星/在深夜希冀着黎明(《铁窗里》)。1933 年他第一次以“艾青”为笔名发表了长诗《大堰河——我的保姆》。他满怀温情，用朴素的语言、写实的镜头，刻画了大堰河悲苦的一生，也流露出他对中国广大农民悲惨命运的同情和关切。1935 年，艾青出狱。第二年出版了第一本诗集《大堰河》，以深沉的感情和新颖的风格，受到人们喜爱。

1937 年，抗日战争爆发。艾青从上海到武汉，从武汉到临汾，从临汾到西安，从桂林到重庆，到处漂泊，一路辗转，他真切地感受到了这片土地上人民的苦难，开始将个人的痛苦与欢乐，融合在时代的痛苦与欢乐中。他满怀悲悯之心记录苦难，为饱受摧残的中华儿女发出哀婉的悲歌；但他的诗中也流露出对光明、理想、美好生活的热烈追求，给人类以朝向理想的勇气。为了民族的自由和解放，艾青以手中的笔为武器，与时代同呼吸、共命运，创作出《太阳》《雪落在中国的土地上》《手推车》《向太阳》《我爱这土地》《吹号者》《火把》等一大批杰作。它们像火把一样，点燃了中国人民的革命激情。30 年代末到 40 年代中期，是艾青的第二次创作高峰。因其巨大的感召力和影响力，这一时期，被许多论者认为是“艾青的时代”。

中华人民共和国成立后，艾青满怀激情歌颂祖国的新生。1957 年，艾青远赴新疆、黑龙江等地，经历近二十年的沉寂，1975 年后，艾青复出，迎来第三次创作高峰。他接连创作了《鱼化石》《镜子》《盆景》《沉思》《失去的岁月》《光的赞歌》等一系列富有哲思的作品。他在《光的赞歌》中写道：“我们在自己的时代/应该像节日的焰火/带着欢呼射向高空/然后迸发出璀璨的光。”

历经劫难，艾青在时代的洪流中扬帆，到了一个新的充满阳光的港口，在汽笛的长鸣声中，开始了诗歌创作的新航程，被人们誉为“归来的诗坛泰斗”。他的诗也在世界范围内广泛流传，至今传遍英、法、德等十多个国家，1985 年艾青获法国文学艺术最高勋章。

小 档 案

第一首以“艾青”为笔名发表的诗作	《大堰河——我的保姆》
第一本诗集	《大堰河》
第一首抒情长诗	《向太阳》

我有好方法

亲爱的同学们，接下来的时间，老师将和大家分享阅读诗歌的好方法。让我们尽情地在诗歌中游弋，放声朗诵，享受唇齿间美妙的倾泻与流转；咀嚼品析，感受文字背后的温度、力量和情感。

妙招一：朗诵法，让文字回归声音，燃烧自己，感染他人。

大家还记得鲁迅先生笔下，寿镜吾老先生读书时的样子吗？“只有他还人声朗读着：——‘铁如意，指挥倜傥，一座皆惊呢～～；金叵罗，颠倒淋漓噫，千杯未醉嗬～～……’我疑心这是极好的文章，因为读到这里，他总是微笑起来，而且将头仰起，摇着，向后面拗过去，拗过去。”我们仿佛看到了一位沉醉书中，陶陶然忘乎天地，怡怡然自得其乐的老先生。

还记得《口技》中，口技人精湛的表演吗？只有一人、一桌、一椅、一抚尺而已，却能够百千齐作，让“宾客无不变色离席，奋袖出臂，两股战战，几欲先走”。

这就是声音的神奇魅力！它能燃起自己的情感之火，亦能用这火光照亮他人、感染他人。

诗歌，又何尝不是如此呢？

《毛诗序》中写道："在心为志，发言为诗，情动于中而形于言。言之不足，故嗟叹之。嗟叹之不足，故咏歌之。咏歌之不足，不知手之舞之足之蹈之也。"

朗诵是诗歌呈现的一种必不可少的方式。通过朗诵，我们能够真切地感知诗歌内在的律动、气韵和情感，甚至好的朗诵可以进行艺术的再创造，达到无意气时添意气，不风流处也风流的效果。

所以，我们在读诗时，应不断咀嚼，反复朗诵，一层层咂摸其中的滋味，并适当做一些朗读记号。那么常见的朗读符号有哪些呢？老师在这里给大家罗列一些。

/	字句之间短暂停顿。
//	字句之间较长时间的停顿，换气。
· · ·	表示重音，读的时候要饱满有力。
~~	表示轻声，读的时候声音放慢、放低。
<	渐强，读的时候声音逐渐增大、增强。
>	渐弱，读的时候声音逐渐变小、减弱。
⌒	连音，读的时候要连贯而迅速。
↗	上扬音，表示由低平转为高昂。
↘	下沉音，表示由高昂转为低平。
—	尾音拉长。

那么，我们应该怎样才能读好一首诗呢？

首先，我们应该仔细品读诗歌，把握作者的情感基调。一般来说：表现沉重悲伤的情感时，我们朗读声音要低沉，语速要缓慢，让人感觉到深挚的悲痛，如《雪落在中国的土地上》《北方》等诗歌。表现欢快激昂的情感的诗歌，朗诵时声音要铿锵高昂、豪迈激越，语调轻松明快，如《光的赞歌》《黎明的通知》等。

其次,我们还要读准诗歌的节奏停顿,随着诗人情感的起伏,吐字的轻重、语速的缓急也要随之发生变化,使诗歌产生一种“大弦嘈嘈如急雨,小弦切切如私语。嘈嘈切切错杂弹,大珠小珠落玉盘”的抑扬顿挫、摇曳生姿之感。如《吹号者》一诗中:

【甲】

世界上的一切
充溢着欢愉
承受了/这号角的召唤……

林子醒了
传出一阵阵/鸟雀的喧吵
河流醒了
召引着马群/去饮水
村野醒了
农妇/匆忙地/从堤岸上走过
旷场醒了
穿着灰布衣服的人群
从/披着晨曦的破屋中/出来
拥挤着/又排列着……

【乙】

于是,惨酷的战斗/开始了——
无数千万的战士
在闪光的惊觉中/跃出了战壕,
广大的︵急剧地奔跑
威胁着敌人地/向前移动……
在震撼天地的冲杀声里↗

在决不回头的/一致的/步伐里↗

在狂流般/奔涌着的人群里↗

在紧密的/连续的爆炸声里↗

我们的吹号者

以生命所给与他的鼓舞

一面奔跑,一面吹出了那

短促的︵急迫的︵激昂的↗

在死亡之前决不终止的/冲锋号

【甲】片段中,作者的感情是欢愉的,氛围是静谧恬淡的,我们在朗读的过程中,声音要轻盈灵动,语调要轻松明快,表现出一种活泼欢乐、自然清新的感觉。而【乙】片段是对惨酷战斗的描写,集中表现了战士们英勇战斗、不怕牺牲的精神气魄。气氛紧张激烈,笔力刚健雄浑,有一种“黄河之水天上来,奔流到海不复回”的澎湃之感。所以我们在朗读的时候,声音应铿锵有力、气势磅礴;节奏上应紧迫激昂,一些动词尤其要重读、快读;在情感的处理上,应层层递进,到最后一句的时候情感到达巅峰!

另外,读诗的过程中,我们还要学会运用丰富的想象力在脑海中浮现相应的画面,把听众带入作者所呈现的诗境之中。例如《雪落在中国的土地上》:

雪—落在/中国的土地上

寒冷/在封锁着中国啊……

开头的“雪”字尾音要拉长,声音要低沉缓慢,朗诵时目视远方,做瞭望状,想象大雪纷飞,寒冷铺天盖地,万物都笼罩在一片压抑阴暗之中的画面。

“落”“中国”“土地”重读,强调突出,读出一种沉重悲痛之感。

“寒冷”二字,吐字上带点气息,能让人从你的朗读中感受到一股森然的冷气。

“封锁”“中国”重读，吐字清晰有力，读出悲愤之感。

最后，诗歌朗诵除了声音，我们还可以辅以一定的表情、动作，加入合适的音乐、灯光来渲染氛围，但不宜喧宾夺主。

我国著名作家徐迟曾提出诗歌朗诵的“燃烧理论”，诗朗诵是作品的再燃烧：诗人燃烧了自己，写出了诗作；朗诵者要通过这个作品，燃起自己的情感之火，去感染受众。

亲爱的同学们，快拿起书本来试一试吧！

妙招二：知人论世，以意逆志。

同学们在阅读诗歌的时候，是否会遇到读不懂的问题呢？那么大家可以试试这个小妙招：“知人论世，以意逆志。”

所谓“知人”，是指要了解作家各个方面的情况和他的创作意图；所谓“论世”，是指要了解作品反映的时代背景和当时的社会状况，这样才能探幽发微，对作品进行深度解读。

“以意逆志”指的是要用自己的切身体会去推测作者的本意，反复涵咏，仔细体味，用自己的心灵去追寻诗人的心灵踪迹，明白诗人的用心所在。

现在，老师就以《春》为例，给大家做一个参考。

春

春天了
龙华的桃花开了
在那些夜间开了
在那些血斑点点的夜间
那些夜是没有星光的
那些夜是刮着风的
那些夜听着寡妇的咽泣

而这古老的土地呀
随时都像一只饥渴的野兽
舐吮着年轻人的血液
顽强的人之子的血液
于是经过了悠长的冬日
经过了冰雪的季节
经过了无限困乏的期待
这些血迹，斑斑的血迹
在神话般的夜里
在东方的深黑的夜里
爆开了无数的蓓蕾
点缀得江南处处是春了
人问：春从何处来？
我说：来自郊外的墓窟。

《春》作于 1937 年 4 月，为纪念“左联五烈士”而写。柔石、胡也频、殷夫、李伟森、冯铿五位年轻的革命者、作家、诗人，在龙华被当时国民党政府无情地杀害。艾青愤然执笔，写下《春》这首诗。全诗虚实结合，通过写“桃花”历经“血斑点点的夜”“没有星光的夜”“刮着风的夜”“寡妇哭泣的夜”这样残酷的生存环境，以及冰天雪地、幽暗漫长的等待，终于盛放，迎来美好春天的场景，表达出作者对国民党反动派残暴罪恶行径的强烈谴责，对以“左联五烈士”为代表的革命者精神的热情讴歌，并向广大民众传递了一个坚定的信念：革命战士不会白白牺牲，他们终将驱散黑暗、寒冷，中国终将迎来温暖崭新的春天。

阅读进度表

《艾青诗集》里的诗歌篇幅不长，但都是非常值得去品析和回味的。为了确保阅读的速度和质量，我为大家规划了阅读进度。同学们也可以根据自己的情况在这个基础上进行调整，让自己的阅读更高效！

时 间	篇 目	读 书 妙 招
第一周	阅读第一至第十三篇诗	① 用简洁的语言概括每篇内容。 ② 圈点批注，随时记录自己的心得与体会。 ③ 有疑惑的地方可以找老师同学讨论。 ④ 尝试创作诗歌。
第二周	阅读第十四至第二十六篇诗歌	
第三周	阅读第二十七至第三十八篇诗歌	
第四周	阅读第三十九至第五十一篇诗歌	
第五周	阅读艾青《诗论》和译诗	

接下来再看看老师送给大家的配套检测题吧。

第一周检测

一、选择题

1．“今天我看到雪使我想起了你：你的被雪压着的草盖的坟墓，你的关闭了的故居檐头的枯死的瓦菲，你的被典押了的一丈平方的园地，你的门前的长了青苔的石椅。”这段诗歌选自(　　)。

A.《叫喊》　　B.《大堰河——我的保姆》

C.《透明的夜》　　D.《铁窗里》

2.“紫蓝的林子与林子之间，由青灰的山坡到青灰的山坡，绿的草原，绿的草原，草原上流着，新鲜的乳液似的烟。”这段诗歌选自哪一部作品？(　　)

A.《黎明》　　B.《黎明的通知》

C.《当黎明穿上了白衣》　　D.《冬日的林子》

3.《芦笛》一诗是为纪念哪位诗人而作？(　　)

A. 波德莱尔　B. 凡尔哈伦　C. 阿波里内尔　D. 王尔德

二、判断题

1.《大堰河——我的保姆》中，大堰河不仅是艾青的乳母，更是中国土地上辛勤劳动者的象征，一个伟大母亲的象征。(　　)

2.《芦笛》一诗中作者引用“当年我有一支芦笛/拿法国大元帅的节杖我也不换”作为题记，其中“芦笛”象征艺术，“元帅的节杖”象征不正的权力。(　　)

第二周检测

选择题

1.“咳，就在如此寒冷的今夜，无数的，我们的年老的母亲，都蜷伏在不是自己的家里，就像异邦人，不知明天的车轮，要滚上怎样的路程？——而且，中国的路，是如此的崎岖，是如此的泥泞呀。”这段诗歌出自艾青的(　　)。

A.《复活的土地》　　B.《生命》

C.《煤的对话》　　D.《雪落在中国的土地上》

2. 艾青的《九百个》一诗，是借（　　）的故事来号召人们反抗封建旧制度，砸碎身上沉重的枷锁。

A. 陈胜、吴广起义　　B. 太平天国运动

C. 黄巾农民起义　　D. 项羽、刘邦起义

3.《煤的对话》通篇采用（　　）的方式来展示中华民族不甘屈辱、自强不息的内在精神，表达诗人对祖国深沉而热烈的爱和对祖国再生的强烈愿望，显得新颖而又亲近。

A. 复沓　　B. 排比　　C. 反复　　D. 对话

第三周检测

一、选择题

1. 艾青创作的第一首抒情长诗是（　　）。

A.《火把》　　B.《向太阳》

C.《北方》　　D.《大堰河——我的保姆》

2. 1939 年 7 月 7 日为纪念抗日战争两周年，桂林举行火炬游行，场面壮观，声势浩大。艾青参加了游行，受到极大震动，从而写下（　　）一诗。

A.《向太阳》　　B.《火把》

C.《我爱这土地》　　D.《光的赞歌》

3. “我爱这悲哀的国土，它的广大而瘦瘠的土地，带给我们以淳朴的言语与宽阔的姿态，我相信这言语与姿态，坚强地生活在土地上，永远不会灭亡。”这段诗歌出自艾青的（　　）。

A.《冬日的林子》　　B.《荒凉》

C.《北方》　　D.《我爱这土地》

二、判断题

1.《北方》一诗中，作者开头引用诗人端木蕻良的“北方是悲哀

的”，为全诗奠定了忧郁、悲哀、沉重的感情基调。（　　）

2.《手推车》一诗中，手推车既是旧时代北方人民特有的交通工具，也象征着中华民族的历史命运和深重灾难。（　　）

3.“然后我死了，连羽毛也腐烂在土地里面。”这两句诗形象而充分地表达了诗人对土地的眷恋，而且隐含献身之意。（　　）

第四周检测

一、选择题

1. 诗人艾青通过《鱼化石》一诗，揭示了怎样的哲理？（　　）

   A. 每一个人既是独立的而又互相照耀。

   B. 实践是认识的阶梯，科学沿着实践前进。

   C. 每个人都能从“镜子”身上照见自己的所作所为，看到自己的灵魂。

   D. 离开了运动，就没有生命。活着就要斗争，在斗争中前进。

2.“趁这夜已快完了，请告诉他们，说他们所等待的就要来了。”这段诗歌出自艾青的（　　）。

   A.《太阳》　　B.《当黎明穿上了白衣》

   C.《黎明的通知》　　D.《光的赞歌》

二、判断题

1. 1978 年以后，艾青的诗风发生了很大的变化，诗意由原先的凝重、深厚变得比较警策，充满哲思。（　　）

2. 在《失去的岁月》一诗中，诗人沉痛回顾了自己在大西北二十多年的辛酸岁月，表达了诗人对失去的岁月的悲痛与无奈。（　　）

3. 在《光的赞歌》一诗中，诗人热情洋溢地歌颂驱走阴霾、战胜黑暗的光明，表达自己要和全国人民一道，为人类新光明的到来而奋斗的决心。（　　）

专题探究课

同学们，要想深入了解艾青的诗歌，我们可以在完成单篇阅读的基础上，重读作品打破篇与篇之间的壁垒，细心寻找不同篇目之间的关联点进行专题探究。我们教材中就提供了三个探究专题：探讨诗歌的意象、分析诗歌的艺术手法、举办诗歌朗诵会。除此之外，我们也可以对以下专题进行探究：

序 号	探究的专题	专题探究的方法
专题一	艾青不同时期诗歌风格的转变	① 查阅资料，了解中国新诗的概况、艾青个人经历或艾青对诗歌创作的一些看法。 ② 细读相关诗歌。 ③ 从中找出共性并分析总结。
专题二	艾青诗歌的散文美	
专题三	早期绘画经历对艾青诗歌的影响	
专题四	艾青的书单及对其诗歌的影响	

现在，老师就以“艾青诗歌的散文美”和“早期绘画经历对艾青诗歌的影响”这两个专题给大家做一个探究示例。

艾青诗歌的散文美

步骤一：查阅资料，了解中国新诗概况或艾青对诗歌创作的一些看法。

资料链接一：中国新诗发展简况。

中国的新诗起源于五四运动前后，主张以白话俗语入诗，废除旧体诗（平仄、押韵、对仗等）形式上的束缚，目的在于抒发诗人的真情实感。这一运动推动了中国新诗的发展，但因为脱离文言、脱离旧诗格律束缚，一时间出现了散文语句分行排列就是诗的现象，没有诗歌的美感。正如艾青所说："难道把一句最无聊的平直的话，由于重新排列而成为诗吗？"

为整饬诗风，徐志摩、闻一多等人开始提倡新的格律诗。闻一多提出了诗歌的"三美"主张，即音乐美（诗歌音尺，有平仄，有韵脚）、绘画美（诗歌辞藻的选择要秾丽、鲜明，有色彩感，每一句诗都可以形成一个独立存在的画面）、建筑美（强调"有节的匀称，有句的均齐"）。代表作有闻一多的《死水》、徐志摩的《再别康桥》等。这一主张有力地纠正了白话新诗过于随意、松散、缺乏诗意的现象，但也带来了一些问题，有的押韵诗语言干瘪，节奏板滞，虽有一丝鲜活的形象，也被韵脚捆绑得没有生机。

为了纠正新诗这种"无韵则散，有韵则死"的现象，艾青提出诗歌散文美的主张。

资料链接二：艾青对诗歌"散文美"的一些看法。（更多观点可参阅艾青《诗论》，见译林出版社《艾青诗集》附录。）

"诗人必须首先是美好的散文家。"

"散文的自由性，给文学的形象以表达的便利；而那种洗练的散文、崇高的散文、健康的或是柔美的散文之被用于诗人者，就是因为它是形象表达的最完善的工具。”

“我们嫌恶诗里面有那种丑陋的散文，不管它是有韵与否；我们却酷爱诗里面的那种美好的散文，而它常是首先就离弃了韵的羁绊的。”

“诗的散文美的形成，不论诗的新旧，也不论诗的自由体或格律体，主要靠明朗、自然、生动、活泼的语言，使读者感觉到亲切、朴实的‘人间味’（人情味）的魅力。”

“诗的散文美，就是口语美。”

“使用现代的日常所用的鲜活的口语表达自己所生活的时代，目的就在于赋予诗以新的生机。”

步骤二：细读相关诗歌，以下节选几首示例。

《大堰河——我的保姆》（节选）

大堰河，是我的保姆。
她的名字就是生她的村庄的名字，
她是童养媳，
大堰河，是我的保姆。
……
你用你厚大的手掌把我抱在怀里，抚摸我；
在你搭好了灶火之后，
在你拍去了围裙上的炭灰之后，
在你尝到饭已煮熟了之后，
在你把乌黑的酱碗放到乌黑的桌子上之后，
在你补好了儿子们的为山腰的荆棘扯破的衣服之后，
在你把小儿被柴刀砍伤了的手包好之后，
在你把夫儿们的衬衣上的虱子一颗颗地掐死之后，
在你拿起了今天的第一颗鸡蛋之后，
你用你厚大的手掌把我抱在怀里，抚摸我。
……

大堰河,含泪的去了!

同着四十几年的人世生活的凌侮,

同着数不尽的奴隶的凄苦,

同着四块钱的棺材和几束稻草,

同着几尺长方的埋棺材的土地,

同着一手把的纸钱的灰,

大堰河,她含泪的去了。

《太阳》节选

从远古的墓茔

从黑暗的年代

从人类死亡之流的那边

震惊沉睡的山脉

若火轮飞旋于沙丘之上

太阳向我滚来……

……

于是我的心胸

被火焰之手撕开

陈腐的灵魂

搁弃在河畔

我乃有对于人类再生之确信

步骤三:结合诗歌分析,从中找到共性并总结归纳艾青诗歌散文美的特点。

1. 艾青的诗歌不注重外在的音节、韵脚、行数的整齐匀称。他的诗歌更多的是通过内在情感的起伏变化,辅以有规律的复沓、排比,或呼告、对话、设问等句式,来达到节奏上的轻重急缓、参差错落。

例如,《大堰河——我的保姆》全诗没有押韵,但是首句和尾句的回环复沓，小节中大量的铺陈排比，以及作者对大堰河悲苦身世的同情、对大堰河不幸遭遇的悲愤，对大堰河仁厚慈爱的怀念、崇敬，以及无法见大堰河最后一面的自责、愧疚之情充溢诗中，使诗歌有血有肉、跌宕起伏。《煤的对话》中对话、呼告的句式，使整篇文章铿锵有力，蕴藏着巨大的能量。

2. 艾青的诗歌反对大白话，主张用鲜活的形象将一切飘忽的东西呈现在读者面前。

例如，《我爱这土地》中，作者用一个嘶哑着喉咙的鸟来形象表达在战争中饱受摧残却依然深爱着祖国的人民，用滔滔不绝的河流、无休止的激怒的风来表达对侵略者的愤怒，化无形为有形，化抽象为具象，使诗人的情感鲜明地呈现在读者面前。在《太阳》一诗中，作者用火轮飞旋于沙丘之上，写出太阳不可阻挡的气势，让读者仿佛身临其境。

3. 艾青的诗歌注重口语美，多用简洁、明快、明白的口语，使人感到亲切自然，赋予诗新的生机。

例如，《煤的对话》中，作者用口语对话的句式，简洁生动，明白晓畅，不给人佶屈聱牙之感；在《大堰河——我的保姆》中，用现代口语，通俗易懂，引人共鸣。正如一个煤矿工人在给艾青的信中这样写道："我不懂诗，我是一个生在农村的人，看到你的诗会勾起我回忆童年时代的农村和可怜我童年时代的农村……为什么诗的魅力这么大呢？"

早期绘画经历对艾青诗歌的影响

步骤一：查阅资料，了解艾青早期绘画经历，以及艾青对于诗歌创作的一些看法。

资料链接一：艾青早年的绘画经历。

1928 年，艾青考入杭州国立西湖艺术院（即现在的杭州美术学院）绘画系。1929年，艾青远赴巴黎留学。三年留学生涯，西方的印象画派给艾青的绘画及诗歌创作都留下了深刻的影响。作家黎央先生就曾经说过艾青写诗像“印象派在作画”。

印象画派是19世纪后期在法国兴起的一个画派。他们主张把“光”和“色彩”作为绘画追求的主要目的，倡导走出画室，描绘自然景物，以迅速的手法把握瞬间的印象，使画面新鲜生动。后期印象派画家不满于前期印象派“客观主义”的表现和片面追求外光和色彩，强调艺术要抒发艺术家的自我感受、主观感情和情绪，传达艺术家内心的体验。

印象画派代表作有马奈的《草地上的午餐》、莫奈的《日出·印象》、梵高的《向日葵》等。

资料链接二：艾青对于诗歌创作的一些看法。（更多观点可参阅艾青《诗论》。）

“绘画应该是彩色的诗；诗应该是文字的绘画。”

“一首诗里面，没有新鲜，没有色调，没有光彩，没有形象——艺术的生命在哪里呢？”

“事物在不断变化，不断给我们新鲜的感觉。老是用一种格调来写诗、画画都不行。要观察，要能抓住霎那间的感受和变化。”

“诗人应该有和镜子一样迅速而确定的感觉能力，而且更应该有如画家一样渗合自己情感的构图。”

“一首诗必须具有一种造型美；一首诗是一个心灵的活的雕塑。”

“诗比起绘画，是它的容量更大。绘画只能描画一个固定的东西；诗却可以写一写流动的、变化着的事物。”

“很多作品是有显然的颜色的，同时也是有可以听见的声音的。”

“调子是文字的声音与色彩、快与慢、浓与淡之间的变化与和谐。”

“诗人必须是一个能把对于外界的感受与自己的感情思想融合起来的艺术家。”

步骤二：细读相关诗歌，以下节选几首示例。

《当黎明穿上了白衣》（节选）

紫蓝的林子与林子之间
由青灰的山坡到青灰的山坡，
绿的草原，
绿的草原，草原上流着
——新鲜的乳液似的烟……

《手推车》

在黄河流过的地域
在无数的枯干了的河底
手推车
以唯一的轮子
发出使阴暗的天穹痉挛的尖音
穿过寒冷与静寂
从这一个山脚
到那一个山脚
彻响着
北国人民的悲哀

在冰雪凝冻的日子
在贫穷的小村与小村之间
手推车
以单独的轮子

刻画在灰黄土层上的深深的辙迹
穿过广阔与荒漠
从这一条路
到那一条路
交织着
北国人民的悲哀

《老人》(节选)

紫铜的面色有古旧的光
弯着的皱裂的手掌的
皮肤里蜷伏着衰老的根须
他在紧握着痉挛的生活的尾巴
——滑进了污泥里的鳅
他摇摆着古铜的前额
白沫里溅出咒诅的花
饥饿的颜色
染上了他一切的言语

步骤三：结合诗歌分析，从中找到共性并总结归纳早期绘画经历对艾青诗歌的影响。

1. 艾青的诗歌强调文字色彩、声音、动静的和谐，能抓住事物瞬时的感觉，并融入主观情感。

例如，《当黎明穿上了白衣》一诗中，紫蓝的林子、青灰的山坡、绿的草原、乳液似的烟，像一幅西方的油画，富有层次感、流动感和浓郁的抒情色彩，将晨雾那转瞬即逝的清新、缥缈、游移呈现在我们面前。《绿》一诗中，到处是绿的……墨绿、浅绿、嫩绿/翠绿、淡绿、粉绿……突然一阵风/好像舞蹈教练在指挥/所有的绿就整齐地/按着节拍飘动在一起……将色彩的斑斓绚丽、瞬间变幻、生动跳跃表现得淋漓尽致。《向太阳》一诗中，太阳是金红色的圆体/是发光的圆体/是在扩大的圆体。诗人浓墨重彩，为我们画了一个正在升起的、逐渐扩大的、有动态感的太阳，也让我们感受到诗人内心的蓬勃雀跃。《手推车》中，手推车/以唯一的轮子/发出使阴暗的天穹痉挛的尖音。这种尖音，响彻在北方贫穷的土地上，更凸显其悲凉。

2. 艾青的诗歌强调“造型美”，注重线条的刻画，将幽微细腻的东西塑造成立体感极强的形象。

例如，在《老人》一诗中，艾青描绘道：紫铜的面色有古旧的光/弯着的皱裂的手掌的/皮肤里蜷伏着衰老的根须/他在紧握着痉挛的生活的尾巴。寥寥数笔勾勒出人民饱受战争摧残与迫害的形象，将他们细微的动作、细微的表情，放大定格，使这种如同刻在岩石上的苦难更有一种震撼人心的力量。

3. 艾青的诗歌强调“意象美”“意境美”，意象中凝练着诗人独特的思想和感情。

例如：艾青诗歌中常见的土地意象和太阳意象。土地意象凝聚着诗人刻骨铭心、至死不渝的爱国情感，太阳意象则寄寓着诗人对光明、理想、美好生活的热烈追求。

看了老师的专题探究步骤和结果，同学们是不是学会了呢？大家可以任选一个专题，也可以自行设计探究专题，完成探究后，写一篇读书报告在班级举行的读书交流会上进行交流、分享。

名著读后感

[老师示例]

诗文赤子心　一生家国梦

——时代的吹号者艾青

苏州张家港市常青藤实验学校　宋俊秀

夜无限静谧。不如捧卷，读一首艾青的诗。

他的诗不讲格律，没有押韵，可奇怪的是你仍然会不自觉地朗读起来，仍然会不自觉地热血澎湃。诗句流转在齿间，当你感到体内有一股力量升腾而起，向着喉咙喷涌而出时，你知道那是情感强烈的勃发，那是直击灵魂的震颤，那是来自生命的律动！

经历了战火纷飞的岁月，目睹过支离破碎的山河，艾青是深沉而忧郁的，他的诗匍匐在广漠贫瘠的土地上，听那烈日烧灼下，苦难“滋滋”作响；五四文化精神的辐射和独特的生活、教育经历，艾青又是叛逆而狂热的，他的诗绽放如暴烈的海，汹涌的都是他的恨，他的风暴，他的爱，他的光明。

他是时代的吹号者，用血泪去书写、去高歌。铿锵激昂的号声像一道闪亮的雷霆,唤醒了中华儿女共同跳动的脉搏和节奏。

一、觉醒·在痛与艺术间

在那些蜷卧在铺散着稻草的地面上的困倦的人群里,
在那些穿着灰布衣服的污秽的人群里,
他最先醒来——

——艾青《吹号者》

艾青,1910 年出生于浙江金华。从小便被算命的打上了“克父母”的标签,成为家里不受欢迎的人,不能承欢父母膝下,甚至没有权利称他们为“爸爸妈妈”。父母的冷漠、歧视滋生了艾青叛逆的性格。他讨厌算卦,反对迷信,成为坚定的无神论者。他对身为地主的父亲,有一种天然的疏离和抵触。他在诗中写道:“我吃着碾了三番的白米饭/但,我是这般忸怩不安! 因为我/我做了生我的父母家里的新客了。”(《大堰河——我的保姆》)他渴望着逃离封建家庭,在《我的父亲》中写道:“我的心只是催促着自己/快些离开吧/这可怜的田野/这卑微的村庄。”

终于,1929 年在当时西湖艺术院院长林风眠的建议下,艾青出国留学,过上“精神上自由、物质上贫困”的生活。他博览群书,读一些哲学和文学的书籍,读俄罗斯批判现实主义小说,读苏维埃十月革命的小说和诗歌,读一些法文的现代诗。艾青说,他最喜欢、受影响较深的便是比利时大诗人凡尔哈伦的诗,凡尔哈伦的诗深刻揭示了资本主义世界的大都市无限扩张和广大农村濒于破灭的景象。在国外生活的濡染下,反抗专制强权、热爱自由革命的气息在艾青心中潜滋暗长。三年后,艾青回来了,“两手空空,什么也没有/除了那些叛乱的书籍/和那些狂热的画幅/和一个殖民地人民的/深刻的耻辱与仇恨”(《我的父亲》)。

彼时,中国仍然处在五四运动潮流的深刻影响下。民主和科学的启蒙思想早已植根于民众心中。艾青刚准备投入轰轰烈烈的运动中，便在1932年7月，因加入“中国左翼美术家联盟”，参与组织“春地画会”，被国民党政府逮捕，入狱三年。而那个把他当作亲儿子般疼爱的保姆大堰河，他童年里唯一的光，却在尝尽人间苦楚之后，寂然地逝去了。

痛苦的家庭生活、西方的留学经历、启蒙思想的辐射，艾青终于觉醒了。他把诗当作号角，吹奏出“这不公道的世界的咒语”。他的诗冒着血气、筋骨咯咯作响，读来仿佛能看到隐没在地下的熊熊烈火，能听到火焰隆隆的啸声。“油灯像野火一样/映出我们火一般的肌肉/以及那里面痛苦、愤怒和仇恨的力。”(《透明的夜》)暗夜下是一群苦难人抗议性的骚动，如反复擦拭的一柄刀，随时准备亮出利刃。在《九百个》中，艾青歌颂陈胜、吴广的起义，号召人们反抗旧制度，砸碎身上沉重的枷锁。

艾青觉醒了，他从个人的情绪中走出来，找到了自己的信仰，他要为时代、为那万千的人民，吹出前进的号角！

二、忧郁·苦难的土地和人民

他开始以原野给他的清新的呼吸
吹送到号角里去
——也夹带着纤细的血丝么？

——艾青《吹号者》

“雪落在中国的土地上/寒冷在封锁着中国啊！”(《雪落在中国的土地上》)1937年，日本帝国主义愈加暴虐地扑向中华大地。国家危矣！人民危矣！艾青如一只大鸟，托起沉重的夜色飞行。他辗转祖国各地，遍览人间苦境，一粒粒微尘在他的笔下哭泣，那伸着永不缩回的、乌黑的手的乞丐(《乞丐》)、发出使阴暗的天空痉挛的尖音的手推车(《手推车》)、遮没在草丛中的刈草的孩子(《刈草的孩子》)、举着锄头用力翻掘泥土的老人(《老人》)、那苍凉而悲哀的北方人民(《北方》)，他们的命运被裹挟在时代的洪流中风雨飘摇。“假如我是一只鸟/我也应该用嘶哑的喉咙歌唱/这被暴风雨所打击着的土地/这永远汹涌着我们悲愤的河流/这无止息地吹刮着的激怒的风。”(《我爱这土地》)他写诗,恨不得将自己的血肉融进去,带着巨大的悲愤、挣扎、不甘,带着对民族深深的忧虑、对这片苦难的土地和人民最深沉的爱。“中国/我的在没有灯光的晚上/所写的无力的诗句/能给你些许的温暖吗?”

艾青是忧郁的,他说:“叫一个生活在这年代的忠实的灵魂不忧郁,这有如叫一个辗转在泥色的梦里的农夫不忧郁,是一样的属于天真的一种奢望。”他不再仅仅感伤于自己的回忆,而是“将个人的痛苦与欢乐融合在时代的痛苦与欢乐里”,始终忧虑着祖国人民的命运。然而,他的忧郁绝不是颓废消极、绝望悲观的,他每一个忧郁的背后,都隐藏着巨大的祈盼,那是对光明未来的热切追求!

三、信念·向着太阳奔跑

太阳给那道路镀上了黄金
而我们的吹号者
在阳光照着的长长的队伍的最前面。

——艾青《吹号者》

木心曾说:“我是一个在黑暗中大雪纷飞的人啊!”而对于艾青,他不仅是一个在黑暗中大雪纷飞的诗人,更是一个在黑暗中身披霞光的战士。即便在战火连天的寒冬,他仍然有投身未来的生机勃勃。他的诗深沉忧郁,却始终有理想、有希望,他坚信全国人民同仇敌忾、共同抗日,我们的民族终将在反侵略的战争中获得新生,光明终将到来!

因此,太阳、光明、春天、黎明、生命和火焰成为他诗歌的另一主题。他饱含激情,写下了《阳光在远处》《太阳》《向太阳》《太阳的话》《给太阳》《当黎明穿上了白衣》《黎明》《黎明的通知》《火把》《光的赞歌》等一系列诗歌。他坚信,那“比处女,比含露的花朵,比白雪,比蓝的海水都要美丽的太阳”终将会若火轮飞旋于沙丘之上,向我们滚来,为我们带来电力、钢铁,为我们带来花束、香气、温暖和露水。

他举起他的号角,向着黎明的方向,沐浴着圣洁的光辉,热情地呼号与鼓舞,让身处水深火热中的人民看见了光明,给浴血奋战、坚持斗争的人民带来了力量。他那燃烧着的艺术灵魂和战斗激情,唤醒了人们心中最崇高、最美好的感情,使他们精神振作、朝气蓬勃,汇入为美满生活而英勇斗争的河流中。他的长诗《火把》发表后,在广大青年知识分子中引起了强烈的反响,诗人对于革命人生的思考使一些在光明和黑暗中动摇的青年们受到深深的感动和冲击。正如诗中所写:“人愈走愈多,队伍愈排愈长/声音愈叫愈响,火把愈烧愈亮……这队伍多么长啊,多么长/好像全中国的人都已排列在里面。”

四、战斗·死亡之前决不终止

我们的吹号者
以生命所给与他的鼓舞,
一面奔跑,一面吹出了那
短促的,急迫的,激昂的,
在死亡之前决不终止的冲锋号

——艾青《吹号者》

1937年7月7日,古老的卢沟桥响起了划破历史长空的枪声,饱受屈辱的中华民族终于奋起,与敌人展开生死搏斗!艾青的内心有一种压抑不住的澎湃呼之欲出,他拿起他的号角,吹出了那激昂壮烈的冲锋号。

“我们的曾经死了的大地/在明朗的天空下,已复活了/苦难也已成为记忆/在它温热的胸膛里/重新漩流着的/将是战斗者的血液。”(《复活的土地》)战斗！战斗！随时准备着在战斗中死去的光荣！轰隆隆的枪声和浩荡的喊杀声从他的笔下飒飒响起。“惨酷的战斗开始了——无数千万的战士/在闪光的惊觉中跃出了战壕/广大的,急剧地奔跑/威胁着敌人地向前移动。”(《吹号者》)

艾青说:“我们是悲哀种族之最悲苦的一代,多少年月积压下来的耻辱与愤恨,将都在我们这一代来清算。我们是担待着历史的多种使命的……我们写诗,是作为一个悲苦的种族争取解放、摆脱枷锁的歌手而写诗。”

为祖国而歌、为苍生而呼,艾青犹如一列在大雪、风暴、泥石流中,不顾一切,呼啸前行的火车,带着吞吐宇宙和呼吸风云的气势,将这些怒放的诗句播撒在华夏大地！他热情地讴歌那些为民族自由解放而浴血奋战、英勇献身的战士,切齿地憎恨日本侵略者惨无人道的行径,鼓舞人民轰轰烈烈地投入中华民族的全面抗日战争中去,并最终获得胜利！“即使我们只是一根火柴/也要在关键的时刻有一次闪耀/即使我们死后尸骨都腐烂了/也要变成磷火在荒野中燃烧。”(《光的赞歌》)

五、归来·尽情燃烧的生命

听啊,

那号角好像依然在响……

——艾青《吹号者》

中华人民共和国成立后,艾青满怀激情地歌颂新中国的新生,同时将眼光放到了亚非拉受压迫民族的身上,写下了《一个黑人姑娘在歌唱》《维也纳》等诗歌,关注亚非拉地区人民的解放。

1957 年,艾青远赴黑龙江、新疆生活和劳动,经过二十余年的沉寂,归来的诗人早已满鬓秋霜,可那颗浮沉莽莽的心,却依然那么干净,始终坚不可摧！他说:“我是大火中的一点火星/趁生命之火没有熄灭/我投入火的队伍、光的队伍/把‘一’和‘无数'融合在一起/为真理而斗争。"(《光的赞歌》)他曾写道:"庆幸的是,这一切终算过去了。如今,时代的洪流把我卷带到一个新的充满阳光的港口,在汽笛的长鸣声中,我的生命开始了新的航程。"他开始了诗歌创作的另一个高峰,他的号角依然发出涤荡人心的响声。

木心说:"万头攒动火树银花之处不必找我,如欲相见,我在各种悲喜交集处,能做的只是长途跋涉的归真返璞。"历经岁月与劫难,归来后的艾青有大堰河时期的深沉,却少了那种总难拂去的忧郁,多了一分沧桑之后的显豁与练达;有《吹号者》的激情,却让激情同深邃的哲理相交融,平淡朴素而又耐人咀嚼。

《鱼化石》形象凝练地概括了一条鱼从鲜活蓬勃到无辜遇难被泥土掩埋变为化石的过程,阐释了"离开了运动,就没有生命""活着就是要斗争"的哲理。《镜子》通过写一面虽然普通却最是坦率真诚的镜子,含蓄地隐喻了人们对于直言之士的种种态度,弘扬了正直无私的品格。《光的赞歌》中写道:"人是银河星云中的一粒微尘/每一粒微尘都有自己的能量/无数的微尘汇集成一片光明/每一个人既是独立的/而又互相照耀。"

文学理论家唐弢在《新诗三百首鉴赏辞典》中写道:"我年轻时喜欢徐志摩,中年以后醉心于臧克家,还有戴望舒和卞之琳,如今齿发脱落,垂垂老矣,而我却更爱好艾青……归真返璞,我爱好他的朴素、平实,爱读他那用平凡的语言,自由的格式,不事雕琢地写出的激动人心的诗篇。"

诗文赤子心,一生家国梦。艾青的诗歌以其宏大的视野、翔实的记录、真诚的情感反映了中华民族为追求独立解放而英勇奋斗、执着追求的过程,堪称一部宏大的"史诗"。艾青也以其强烈的时代感、历史感、责任感和使命感,作为一个时代吹号者的形象,定格在历史的纪念碑上。他的诗歌如一声声响亮的号角,唤醒了沉睡中的中华民族；召唤了愿意为祖国争取自由幸福、光明、胜利而献出一切的人；书写了中华历史上伟大的精神、崇高的意志和高贵的灵魂。

少年强则国强。作为新时代的青年，我们更应该承担起时代赋予我们的使命；不能“两耳不闻窗外事，一心只读圣贤书”，做一个家事国事不关心的书呆子；更不能沉沦于肤浅庸俗的娱乐潮流中，成为一个浅薄萎靡的人。

我们应该如鲁迅所言：“愿中国青年都能摆脱冷气，只是向上走，不必听自暴自弃者流的话。能做事的做事，能发声的发声。有一分热，发一分光，就令萤火虫一般，也可以在黑暗里发一点光，不必等候炬火：我便是唯一的光。”

［学生范文］

朝日灼灼

——读艾青《太阳》有感

苏州张家港常青藤实验学校九(3)班　陈佳霓

那是一个如往日一样的春天，平常的人，平常的事，却在1937年陡然变了一番味道。

一时间，山雨欲来，剑拔弩张，在这动荡不安的日子里，中国犹如一叶舟，在狂澜巨浪中漂摇，既承载着希望，又背负着使命。艾青心中有一种不明的预感，他期盼着一个崭新的时代的降临，光明即将从浑浊的黑暗中破壳而出，伟大的黎明将用利爪撕裂一切污晦，思及此，他提笔写道——

于是我的心胸/被火焰之手撕开/陈腐的灵魂/搁弃在河畔/我

乃有对于人类再生之确信。

远处是向着山脊缓缓而上的太阳,散发着初生的磅礴朝气。

他眼底那一片炽热的火焰,在燃烧,在跃动,在奔腾!

他的灵魂已经彻底洗去了腐烂的皮肉,太阳那充满热情的双手让他脱胎换骨,他要迈开脚步,大步向前,朝着新的思想、新的生活奋进。

那究竟是一种怎样的生活?艾青低头思索着。

忽然,他的眼里迸发出火花——

那是他所无比向往的生活,光明而充满激情的生活,在这新生的太阳之下,一切晦暗皆无处遁形,他将过上他所憧憬的生活,让他如何不激动!

那双如鹰隼般锐利的眼睛直勾勾地盯着前方冉冉上升的朝阳,他的口中一定在喃喃着:

这几句不只是印在纸上的浅浅文字,而是镌刻在血肉里的深深力量。莫欺少年穷,少年也应当有凌云壮志,一抒胸中万千豪气,跟随时代的太阳。也许我们正在苦闷,正在彷徨,正在迷惘,但我们心中始终有一束阳光,穿透过乌云密布的天空,那是赫利俄斯驾驶着健壮火马拉着的日辇,在天空中驰骋,为我们指引通向奥林匹斯山的道路。

他希望民主创新的精神能如赤霄出鞘,那些如他一般的新青年能为国家、为社会,用手中的笔,谱写出"一身转战三千里,一剑曾当百万兵"的光辉战歌!

艾青鼓舞人们,也勉励自己,追寻这使生命呼吸的太阳,他以此讴歌太阳,心中充满了希冀与对时代的展望,他将继续挥扬自己手中的笔,唤醒民众,奋起抗争!

朝日灼灼,烈焰终将扫尽世间一切的阴霾,而那时,一个时代的烈日将会——破空而出!

考点模拟题

一、填空题

1. 艾青，原名______，号______，中国现代诗人，出生于浙江金华的一个地主家庭，五岁前寄养在贫苦的农家，他的成名作为______。这首诗奠定了他诗歌的基本艺术特征和他在现代文学史上的重要地位。

2. 1932年，艾青留学回国，因参加"中国左翼美术家联盟"，从事进步爱国活动被捕，在狱中，第一次使用______这个笔名，创作了著名的长诗______，轰动诗坛。

3. 抗日战争时期，艾青诗歌中的主要意象是______和______。他的长诗《向太阳》和《火把》，借歌颂太阳、索求火把，表达了驱逐黑暗、坚持斗争、争取胜利的美好愿望，诗人也因此被称为"______"的歌手。

4. 在旧社会，艾青以深沉、激越、奔放的笔触诅咒______，讴歌______；中华人民共和国成立后，又一如既往地歌颂人民，礼赞光明，思考人生。

5. 艾青以其充满艺术个性的歌唱卓然成家，实践着他______（有意识地避免用华丽辞藻来掩盖空虚）、______（以一个意象来表明一个感觉和观念)、________(以全部力量去完成自己所选择的主题)、________(不含糊其词,不写为人费解的思想)的诗歌美学主张。

6. 艾青是中国最早走向世界的新诗人之一。他的诗作的被译为三十多种文字在世界各地出版,他和________、希克梅克一起被列为现代世界三位最伟大的人民诗人。

二、选择题

1. 1978 年,艾青的诗风发生了很大的变化,下列不属于他这一时期诗歌特点的一项是(   )【2018—2019 学年湖州九年级期中卷】

A. 诗句由原先的长短错落,不求整齐划一变得比较整齐。

B. 诗情由原先的总是充满“土地的忧郁”变得比较深沉。

C. 写法由原先的尽情的呼告、肆意的排叙变得口语化、散文化。

D. 诗意由原先的凝重、浓厚变得比较警策,充满哲思。

2. 下面表述不正确的一项是(   )

A.《礁石》中“含着微笑,看着海洋”的礁石,象征着坚忍不拔、高傲自负的人们。

B. 从“活着就要斗争,在斗争中前进”可以体会到诗人对革命的崇高热情、不懈努力,以及为革命奉献生命的伟大思想感情。

C.“在死亡没有来临,把能量发挥干净”这两句可以看出诗人对生命的热爱,对生命的赞叹、赞赏,以及奉献自己、贡献力量的伟大情怀。

D.“然后我死了,连羽毛也腐烂在土地里面。”这两句诗形象而充分地表达了诗人对土地的眷恋,而且隐含献身之意。

3. 下列说法错误的一项是(   )

A. 艾青的诗在形式上不拘泥于外形的束缚,很少注意诗句的韵脚和字数、行数的整齐划一，但是又运用有规律的排比、复沓，造成一种变化中的统一。

B. 艾青的诗歌《向太阳》和《火把》借歌颂太阳，索求火把，表达了驱逐黑暗，坚持斗争，争取胜利的美好愿望，诗歌也因此被称为“太阳”和“火把”的歌手。

C. 艾青的《新月集》通过儿童新奇活泼的想象和母爱纯真怜爱的话语，表达了淳朴、圣洁的人类情感。

D. 艾青是一个感染了农民式的忧郁的人，他的诗真实而生动地写出了中国土地上那些普普通通的农民和士兵的生活和斗争。

4. 下列关于名著内容表述正确的一项是（　　）【2019年　吉林省】

A.《钢铁是怎样炼成的》讲述了主人公奥斯特洛夫斯基从不懂事的少年最终成为一名钢铁般战士的故事。

B.《傅雷家书》是傅雷夫妇在1954年到1966年写给父母的家信摘编。

C.《格列佛游记》以主人公格列佛的四次航海冒险经历为线索，揭露并批判了日本统治阶级的腐败和罪恶。

D.《艾青诗选》涵盖了诗人艾青各个时期的重要作品，艾青的作品主要描写土地、太阳、火把、黎明等具有象征意味的事物。

三、材料简答题

1. 大堰河，深爱着她的乳儿！

大堰河，在她的梦没有做醒的时候已死了。

她死时，乳儿不在她的旁侧，

她死时，平时打骂她的丈夫也为她流泪，

五个儿子，个个哭得很悲，

她死时,轻轻地呼着她的乳儿的名字,

大堰河,已死了,

她死时,乳儿不在她的旁侧。

大堰河的梦是什么?文章两次咏叹“她死时,乳儿不在她的旁侧”,突出强调了怎样的情感?

______

______

______

2. 从远古的墓茔

从黑暗的年代

从人类死亡之流的那边

震惊沉睡的山脉

若火轮飞旋于沙丘之上

太阳向我滚来……

请赏析加点字的表达效果。

______

______

3. 名著阅读【2019 年　浙江省杭州市】

(1) 根据你对艾青诗歌的了解,选出不是评论艾青诗歌的一项是(　　)

A. 这是一首长诗,用沉郁的笔调细写了乳娘兼女佣(“大堰河”)的生活痛哭……我不能不喜欢《大堰河》。

——茅盾

B. 归真返璞,我爱好他的朴素、平实,爱读他那用平凡的语言,自由的格式,不事雕琢地写出的激动人心的诗篇。

——唐弢

C. 他的诗把我们从怀疑、贪婪的罪恶的世界，带到秀嫩天真的儿童的新月之国里去……它能使我们在心里重温着在海滨以贝壳为餐具，以落叶为舟，以绿草上的露点为圆珠的儿童的梦。 ——郑振铎

D. 在国难当头的年代，诗人歌唱“土地”具有格外动人的力量，而诗人那种不断转折和强化的抒情方式，当然也是和充满险阻坎坷的时代相吻合的。 ——孙光萱

(2) 艾青被称为“太阳与火把”的歌手，他常用“太阳”的意象，表达对光明、自由、胜利的不懈追求。保尔·柯察金(《钢铁是怎样炼成的》)、江姐(《红岩》)、贝多芬(《名人传》)都能体现这种追求。请选择一位，结合作品分析。

____

____

____

4. 名著阅读【2019 年　浙江省嘉兴市】

徐志摩“完全诗意的信仰”，让他最终等到了彩虹；保尔为人类解放而斗争的信仰，使他成了钢铁战士。信仰，是人永恒的精神支柱。同学们在红船边重读经典，开展以“信仰”为主题的阅读活动。

请你从下列名著中任选一部，说说你从作品中读出了作家或人物怎样的信仰，并结合名著的特点和相关内容阐述你运用了怎样的阅读方法。

A.《艾青诗选》　B.《红星照耀中国》　C.《西游记》

____

____

____

5. 名著阅读【2019 年　江西省】

班级拟开展“走进名著，与作者对话”综合性学习活动，请从下面“专题探究”中选择一个专题，以“一位忠实的读者”的名义，给作者写一封信，交流你的探究成果，字数 200 左右。

【专题探究】

专题一：孙悟空的“不变”《西游记》

专题二：跟法布尔学观察《昆虫记》

专题三：探讨诗歌的意象《艾青诗选》

参考答案

第一周检测

一、1—3　BCC

二、1—2　√√

第二周检测

一、1—3　DAD

第三周检测

一、1—3　BBC

二、1—3　√√√

第四周检测

一、1—2　DC

二、1—3　√√√

考点模拟题

一、填空题

1. 蒋正涵　海澄　《大堰河——我的保姆》

2. 艾青　《大堰河——我的保姆》

3. 太阳　土地　太阳与火把

4. 黑暗　光明

5. 朴素　单纯　集中　明快

6. 聂鲁达

二、1—4　CACD

三、1. ① 大堰河的梦是她能够吃着乳儿的婚酒，坐在结彩的堂上，听着娇美的媳妇亲切地叫她婆婆。② 第一次咏叹“她死时，乳儿不在她的旁侧”突出强调大堰河将死时看不到乳儿时的遗憾之情。第二次咏叹突出强调诗人自己当时不在乳母跟前的遗憾愧疚之情。

2. ① 滚，滚动。② 写出了太阳经历了漫长、黑暗、艰难的历史，终于以不可阻挡的雄伟气势飞滚而来，使诗歌富有动态美。③ 象征着历史是不可阻挡的，光明的到来是必然的。

3. (1) C

(2)【示例一】我选保尔·柯察金。他追求世界上最壮丽的事业——人类的解放。在敌人的严刑拷打面前，他坚贞不屈；在枪林弹雨的战场上，他勇往直前。即使全身瘫痪，双目失明，他也没有放弃。可以说，他为人类的解放事业奉献了全部精力和整个生命。

【示例二】我选江姐。临近解放，江姐组织越狱斗争。敌人策划在逃跑前杀害共产党人，为了不暴露越狱计划，保护同志们，江姐毅然走向刑场。她的一生是追求光明、追求胜利的一生。

【示例三】我选贝多芬。他从小受酗酒父亲的虐待,中年遭遇耳疾折磨和侄子的不孝,但他在痛苦中坚持创作,谱写了《英雄交响曲》《欢乐颂》等乐曲。他用音乐的语言表达对命运的抗争,对自由、平等、博爱的热切追求。

4.【示例】我选《艾青诗选》。从作品中我读出了诗人有着崇高的共产主义信念,为共产主义事业而奋斗。阅读时,可以抓住重点意象进行精读,圈画出重点词句,细细品味诗歌的语言和情感,或者有感情地诵读,认真做好摘抄和批注,体会诗人的爱国情怀。如《我爱这土地》《复活的土地》《雪落在中国的土地上》等诗歌,以"土地"为主要意象,表达了诗人悲悯下层人民的困苦,忧伤祖国的命运,体现了他崇高的信仰。

5.【专题二示例】

尊敬的艾青先生:

您好!我是您的一位忠实读者,最近拜读了您的作品《艾青诗选》,收获良多!

我很喜欢您的诗作风格。尤其对您诗作中竭力讴歌的意象"土地与太阳"印象颇深。

您在诗作中通过赞美"土地"表达对"大地母亲的热爱,对勤劳的中国人民的赞扬,凝聚着诗人对美好生活的向往",令我无限憧憬。

您在诗作中赞美"太阳"表达对希望、光明、理想、美好生活热烈的不息的追求。令我热血沸腾,志气高昂。

感谢您为我们带来了这么优秀的作品,让我们看到您对生活的态度,也让我们学会了热爱生活,全心全意投入生活中去。

此致

敬礼!

一位忠实的读者

×年×月×日